시인 254명이 한국의 봄여름가을겨울을 시조로 노래하다

시조의 봄여름가을겨울 이야기

오종문

1986년 사화집 『지금 그리고 여기』(혜진서관)에 「겨울 돈암동」 외 6편을 발표하면서
작품 활동을 시작했다. 시조집 『오월은 섹스를 한다』(태학사), 『지상의 한 집에 들다』
(이미지북), 6인 시집 『갈잎 흔드는 여섯 악장 칸타타』(창작과비평사), 8인 8색 『80년대
시인들』(고요아침), 『사화집 『어둠은 어둠만이 아니다』(한국문연), 『이 땅의 그리움을
알기 시작했다』(문학세계사), 『세상에 저녁이 오면』(시간과공간사) 등이 있다.
그 외 『이야기 고사성어』 전3권(1권 처세편, 2권 교양편, 3권 애정편, 현실과과학), 『시
조로 읽는 삶의 풍경들』(이미지북) 외 아동물 다수가 있으며, 중앙시조대상, 오늘의시
조문학상, 가람시조문학상을 수상했다.
 * e-mail : ibook99@naver.com

시인 254명이 한국의 봄여름가을겨울을 시조로 노래하다
시조의 봄여름가을겨울 이야기

ⓒ 오종문 외, 2018.

1판 1쇄 인쇄 ┃ 2018년 09월 25일
1판 1쇄 발행 ┃ 2018년 10월 01일
엮 은 이 ┃ 오종문
펴 낸 이 ┃ 이영희
펴 낸 곳 ┃ 이미지북
출판등록 ┃ 제2-2795호.(1999. 4. 10)
주   소 ┃ 서울시 강동구 양재대로122가길 6, 202호
대표전화 ┃ 02-483-7025, 팩시밀리 : 02-483-3213
e - m a i l ┃ ibook99@naver.com

ISBN 978-89-89224-44-0   03810

시인 254명이 한국의 봄여름가을겨울을 시조로 노래하다

시조의 봄여름가을겨울 이야기

오종문 엮음

이미지북

정형시 시조는 자유시보다 간명하고 함축적이다

　자유시로도 표현 가능한 것을 왜 '시조'로써 표현해야 하는가? 첨단 디지털 시대, 700여 년을 이어 온 시조의 존재 이유는 무엇인가? 시조가 아니면 안 되는 고유한 표현 형식과 자질이 그 안에 있는 것인가? 라는 물음에 이 책은 답을 합니다.

　시조는 우리 말의 기본 걸음걸이에 충실합니다. 짧은 음보가 서정적이고 경쾌하고 동적인 리듬이라면, 긴 음보는 장중하고 무겁지만 안정된 리듬감을 줍니다. 이처럼 우리 말의 가락을 잘 살려낼 수 있는 문학은 시조밖에 없습니다.

　시조는 자유시보다 간명하고, 시어는 일상어보다 함축적이며 가락이 살아 있기 때문입니다. 가락이 살아 있는 시조는 마치 살아 있는 사람들의 맥박이나 호흡처럼 자연스러울 뿐 아니라, 봄 여름 가을 겨울이 오가고 바닷물이 밀고 당기는 자연의 질서처럼 리듬을 탑니다. 시조는 각각의 장에서 리듬을 타고 가다가 간간히 침묵을 하기도 하고, 갑자기 회오리바람을 일으키는가 하면 눈 내리는 밤 풍경처럼 더욱 적막하게 만들고, 격랑의 파도 소리를 잔잔한 파도로 재우는가 하면 세상의 모든 것의 말을 아낀 채 침묵하기도 합니다.

　시조의 3장 6구 12음보 형식 속에는 시인이 의도하고자 하는 뜻이 담겨 있거나 아끼는 말이 스며 있습니다. 독자들은 이 흐름에 몸을 맞기면서 시인들과 끊임없이 소통합니다. 시조 속의 숨겨진 시인의 마음을 읽어내면서 긴장과 갈등을 하기도 하고, 때 동의하면서 고개를 끄덕이기도 하며, 무릎을 치면서 찬사를 보내기도 합니다. 정형시 시조는 융통성이 많은 자유로운 시로 변형이 자유롭기 때문입니다.

『시조의 봄여름가을겨울 이야기』는 "2018 시의 도시 서울" 프로젝트 사업의 일환으로 "찾아가는 시조교실" 부교재로 기획되었습니다. 한국의 정형시 시조가 국민 속으로 들어가기 위해서는 시조의 생활화가 중요하다는 인식하에 시조 짓기 교육의 활성화가 필요합니다.

이 책에는 현재 활동하고 있는 시인들이 봄 여름 가을 겨울을 주제로 하거나 시인의 감성을 계절에 이입시킨 시조를 모아 한 권으로 엮었습니다. 현대시조는 말 그대로 '바람을 노래하고 달을 가지고 희롱'하는 음풍농월吟風弄月이 아니라 치열한 시 정신으로 봄 여름 가을 겨울의 계절 속에서 살아가는 인간의 다양한 삶과 시인의 감성을 시로 승화시킨 것으로 현대시조 흐름을 한눈에 읽을 수 있는 텍스트 역할을 할 것입니다.

또한 시조의 기본이라고 할 수 있는 단시조를 비롯해 연시조, 사설시조, 동시조 등 현재 창작되고 있는 시조의 다양한 유형들을 살필 수 있어 시조를 이해하고 창작하는데 도움을 주는 교과서 같은 역할을 해줄 것입니다.

독자들로부터 사랑 받는 작품은 가장 민족적이면서 세계적인 작품이어야 합니다. 이 책을 통해 시조에 대한 이해와 감상의 범위를 넘어 시조를 창작할 수 있는 삶에 가치로 이어졌으면 하는 바람입니다.

끝으로 귀한 옥고를 보내주시고 저작권 사용을 허락해주신 시인들께 진심으로 감사드립니다.

2018년 9월
엮은이 오종문

차례 | 시조의 봄여름가을겨울 이야기

7

여름

가을

겨울

봄
시
조

강문신

입석리立石里 산과 바다

또 한 해 보내는가 잿마루에 올라서면
침침한 눈 비비며 바다 끝도 잠겨 있다
해조음 아득한 너머엔 떠서 도는 마라도

우리가 심은 것은 귤나무만 아니었다
마른 나무 가지 끝에 겨우내 감긴 눈발
입석리 애타는 등불은 귤빛으로 익었었다

한라산 눈보라야 모닥불이 아니던가
기슭의 봄 소식은 가지마다 밝히는데
풀피리 연련한 가락에 실려도 올 수평선

강상돈

아지랑이

겨우내 훈련시킨
꼬마병정 몰려온다

삽시간 온 동네를
휘감아 친 그 열기가

탈영한
유년의 기억
포박을 풀고 있다

강애심

봄, 모슬포항

콧노래 절로 새어 잔물결 일렁이는
무거운 옷 하나 벗듯 마음의 문을 연다
항구의 비릿한 내음, 그 진한 봄꽃 향기로

마라도 가파도로 징검돌 놓인 바닷길
내 안의 긴 매듭을 가만 풀어 닿을 듯
비로소 너에게로 가는 그리움의 징검돌

강인순

소풍

비 갠 아침 꽃샘바람 그도 사랑인 것을

뉘 집 방금 싼 김밥 햇살 속 길을 나서고

봄날은 초록색 줄무늬 새로 산 티셔츠

고동우

봄 그리고 자동세차

유난히 눈이 많은 늦겨울 끝을 잡은
새하얀 화폭 위에 바람의 휘호 한 점
트렁크 꼬리를 물고 흩날린다 진창 진창

꽁꽁 언 길을 열며 네 발 다 튼 육체만큼
쩍쩍 붙어 갈라지는 밑바닥 속내까지
분홍의 봄맞이 채비 세차 문턱 넘는다

"브레이크 밟지 마세요" 고딕체로 달려들면
질주한 과거지사 중립기어 채워두고
서문이 길게 늘어진 봄 따라서 느긋한.

고은희

터

개운동 수돗가에 시멘트 금 간 틈새

채송화 몇 송이 보일락말락 고개 내밀자

큰 돌 몇

꽃 밟지 마라!

돌 목소리 빙 둘러앉네

먼 길 온 저 봐라봐라 바람도 쓰윽 비껴가고

그때였다 기다린 듯 옹기종기 모여든 햇살

눈 맞춰

꽃 밟지 마라!

따끔하게 쏘아붙이네

권갑하

봄비

냉동실
토종 가물치
꿈틀
꼬리를 치고

천 년 전
눈감은 홍련
치마 살짝
걷어 올리는

그렇게
미치는 거라
미쳐 팡팡
터져 보는 거라

권정희

산란하는 봄

발정 난 수컷들의 광기어린 분주함
꺾이고 밟히면서도 붉게 타는 저 마음
오늘밤 아무도 모를 눈빛들이 깨어난다

수런수런 몸을 세워 경계를 넘어선다
엎드려 지새우던 불면의 밤을 딛고
뜨겁게 제 몸을 데워 금물결로 서는 봄

겨울도 이쯤이면 등보이고 싶겠다
몸으로 피워 올린 꽃대궁에 맺힌 사연
알알이 바람을 풀어 뿌려주고 싶겠다

권혁모

입춘

입춘첩 아무리 붙여라 내사 입추하고도 추분
목말 태운 세월 너도 곁에 쉬었다 가게나
아득히 밟아 온 허공 송이송이 목화꽃

땅이 꺼질 듯 미움이라도 사랑이라 말하자
내 운지법에 없는 푸른 날의 빈자리마다
못난이 산새들 찾아와 새벽시장을 펼치고

눈부시다 눈부시다 못해 도로 감은 두 눈이여
귀 기울이면 입곱 별자리 다 돌아온 바람 소리
물파래 꿈을 헹구는 강물 아직 시리다.

김강호

너도바람꽃

기다리다
지쳐버린
봄 곁에서 애원한다

사랑 불 내게 긋지 마
재가 될까 두려워

남몰래
눈물 훔치다
돌아서는
저 여인

김계정

봄비

아프게 툭 툭 툭
겨울에 내리던 비

오늘은 부드러운 손길
예쁘게 촉 촉 촉

봄에는 비가 내려도
살금살금
사뿐
사뿐

김덕남

변산바람꽃

웃음을 가득 담은 솜털이 뽀송한 뺨
차마 손댈 수 없어 무릎 꿇고 맞는다
눈두덩 스치는 감촉
눈을 감을 수밖에

꺾일 듯 연한 숨결 지쳐 잠든 아가야
긴긴밤 바라보는 눈물을 보았느냐
한 삼년 널 품을 수 있다면
귀먹어도 좋으련만

바람도 때로는 가슴을 벤다는데
매섭고 차가운 세상 헤집고 올라오다
변산의 어느 골짜기 잔설을 녹이려나

김민정

봄비

얼얼하고 알싸하게 귓바퀴를 적실동안

제 기운 보란 듯이 꽃샘바람 들며난다

촉촉이
머금은 봉오리
질세라 앙다문다

바람과 물의 혀가 너를 핥고 가는 길목

어지러이 엎어지며 꽃물 풀풀 토하더니

한 생각
젖을 듯 말듯
보슬비가 내린다

김범렬

산수유꽃 몽유

얼부푼 몸 어루만진다, 갓밝이 지릅뜬 눈
곤줄박이 깨운 햇살 아지랑이 피워 물고
꽃대궐 들레는 시간, 발 디딜 틈 난감하다.

하늘 마당 너비만큼 품이 넓은 누구 없나!
오목가슴 애 끓이다 단추 풀고 비친 속내
금도금 떨잠 떨치고 제비나비 마중한다.

어디서 온 문자일까? 가슴 졸여 못 읽겠다.
우툴두툴 멍에 벗고 산지니 깃 펼칠 참에
한 목숨 부지한 그날, 붓을 세워 개칠한다.

김복근

비포리 매화

어제는 비가 와서 비와 비 비껴 서서

바닷가 갯바람은 발끝에 힘을 주고

잘 익은 섣달 보름달 언 가슴 풀어내듯

벼리고 벼린 추위 근골을 다잡으며

백 년 전 염장 기억 파르라니 우려내어

경상도 꿈 많은 사내 동지매冬至梅를 구워낸다

김삼환

바다 앞에만 서면

햇볕이 날아가다 푸른 바다에 빠져서

빠져서 물에 젖은 그 마음이 멍들어

멍들어 아픈 바다를 안고 오는 저녁노을

저녁노을 끌고 오다 목이 메는 저 바다에

저 바다에 잠든 아이들 잊지 않는 갯바람

갯바람 몸에 감고서 날아가는 그날 햇볕

김선화

봄비

골짜기 골짜기마다
풀풀 오르는 소리

다람쥐 이마에 톡, 톡
봄을 알리는 소리

울 엄마 흰 홑청 다듬이질
푸우 뿜어 낸 물방울들

김선희

등꽃 모녀

목욕탕에 노인 둘이 염색약을 꺼낸다

넌 아직 젊었구나, 엄마인 듯 말하시네

두 분 다 호호백발인데 그 중에도 청춘이?

모락모락 훈김 나고 등허리엔 땀이 성글,

허옇게 센 등꽃송이 칫솔에 약 묻힌다

꽃잎들 귀밑머리가 까맣게 물오른다

나란히 의자 위에 겨운 졸음 까딱까딱

김세진

봄날 저녁

문득 들렀습니다 산 그림자 붉은 저녁
당신의 오래된 집도 꽃등을 달았더군요
어디쯤
걸어오실까
연신 바람은 보채고

서쪽 하늘 끝으로 무심히 흘러가는
잔약한 산새들을 보듬는 운판 소리
먼 길은
소리를 좇아
더듬어 갑니다

몇 소절 슬픔 뒤로 생각도 끊어지고
꽃잎은 너덜겅 위로 시나브로 떨어져서
저 붉은
이승의 한 때
잠시 흔들리는

김소해

입춘, 그 따뜻한 말

마른 손 잔가지는 된바람에 시달려도

투명 허공 쓰다듬는 나무들을 보리라

겨울눈 그 가운데서 꿈틀대고 있을 때

혈관처럼 뻗은 뿌리 발밑을 간질인다

땅 밑의 수만 소식 맨발인 채 올라오며

한 움큼 엷은 햇빛도 놓치는 일 없다

살면서 팔을 벌려 나무를 닮아간다

풀리는 하늘 한 쪽 내 하늘로 당겨두고

나무들 따뜻한 말을 두 손 모아 받는다

김양희

봄의 잔등

봄볕 쬐고 있으면
따뜻한 등 내줄 것 같아

아지랑이 피는 등에
새싹이 돋을 것 같아

담벼락
기대어 조는
촉촉한 강아지 코

김연동

앉은뱅이꽃

여리고 작은 꽃이 시위하듯 피고 있다

흐린 하늘 한 모서리 깨끗이 닦고 싶어

궐기한 사람들처럼

무리 지어 피나 보다

저만치 비켜서서 혼자서 피는 꽃도

먼 듯 가까운 듯 저 꽃 속 꽃이 되어

서로가 젖어 우는 날

꿈꾸고 있나 보다

김용주

봄날

꽃잎이 재잘대며 뽀드득 세수한다

어린 산수유가
톡, 톡, 톡 바람 타고

돌담길 꽃길을 따라 햇살들이 통통 튄다

김의현

봄, 꽃씨

흙 속에 꽃씨 몇 알 묻어둔 일 생각나
무릎 접고 살펴보니
어린 싹이 나왔다

하나도 힘들지 않은 듯
가뿐하게 가벼웁게

김임순

부화

오는 게 아니고 깨어나는 봄이다
엄동설한 깃을 세워 지켜낸 어미 본능
겨울이 꼬옥 품었다 부화되는 햇봄이

동지 지나 명치 끝 태동하던 언저리
실바람 불어오자 웅크린 허리 편다
축축한 날개 죽지 속 눈 비비는 젖내음

매화나무 붉은 가지 볼록볼록 기웃대고
대보름 달집 열기 겨울잠을 깨운다
꽃불을 지피는 언덕 마른 풀도 속살 내민다

김정연

봄, 계약직

봄이 온 줄 알았다네

그 눈바람 치기 전엔

헐린 속 드러낸 채

버티는 피다 만 목련

흥정도 권고도 없이

바람 분다

휘이청

김종영

초록이 운다

사월아 너는 지금
능란한 변검 배우
헐벗었던 한 때의
연민을 뒤로 하고
아픔도 단칼에 베는
찰나의 연금술사

다감했던 지난날의
앨범을 펼쳐 보면
'오래도록 지켜주마'
쉬운 말이 되돌아와
금이 간 흑백사진들이
후드득 쏟아진다

김진숙

봄비

새벽밥 지으시나
하늘나라 내 어머니
식구들 단잠 깰까 수문 살짝 여시고

창가에 파 송송 써는 소리

봄비소리
참
좋다

뒷마당 애기 풀꽃들
살짝 얼굴 내밀어
김 오른 양푼밥 가득 절로 입맛 도는

어머니 데불고 온 비
토닥토닥
참
좋다

김혜경

봄

갯버들 그림자 호수에 얼비친다

오는 듯 가버린 열일곱 내 사랑처럼

팔 뻗어 꺾으려 하면 쥐고 마는 빈손

노영임

초유初乳

저마다 눈 하나씩 달고
두릿거리는 나무 촉수들

봄비가 물조리개처럼
쪼르르, 마른 숲 적시자

쫍!쫍!쫍!
오므렸다 폈다
어린 것들 젖 빨 듯

노중석

봄의 말

한 아름 꽃을 안고 등걸마다 다가서서
마을 구석구석 향기를 끼얹는데
아무도 낯익은 얼굴 알아보지 못한다

류미월

봄비

척 안다 안 보고도
하늘 젖 퉁퉁 불어

제 자식 배고플까
타는 허기 목마를까

봄비로
오시는 어머니
연신 젖을 물린다.

문경선

봄비

오늘밤 비 오려나,
한라산이 가까워졌네

너와 나 가까울 때
사랑의
싹이 텄지

연초록
꿈을 안고서
먼
길을
달려오네

문무학

봄

'보다'라는 동사를
명사화하면 그렇지

'봄'이 되지, '봄'이 되지
볼 것 많은 '봄'이 되지

강산에
봄이 와 봄, 봄

볼 것 많지
볼 것 많지.

문수영

눈뜨는 봄

한 아름 웃음으로 닫힌 문을 열었네
다시금 바라보네, 시나브로 눈길 머문 곳
시리게 날리던 눈발
햇살로 내려앉은 듯

물기 다 말라버린 갈대밭 가로질러
흘러온 환한 길이 어둠을 부둥켜안네
아득한 이내를 지우며
피어나는 바람꽃

어디론가 사라져 간 산 속에 갇힌 울음
음지로 남아 있는 얼룩진 밤 지우고
물안개 피어오르는
저 언덕에 그대 있네

문순자

감귤꽃, 따다

결국 도루묵이다
내 밭에 또 꽃이 왔다
서너 번 태풍도 치른 2년생 감귤나무
'족아도 아지망'*이라고
다닥다닥 내민 꽃들

차마 저들에게 어찌 열매를 바라랴
우연이듯 필연이듯 하필이면 내 생일날
생애 첫 꽃봉오릴 딴다
환향녀 같은 것들

폐원할 땐 언제고 이제 와 꽃타령이냐
찌직찌직 레코드판처럼 빈정대는 직박구리
농심은 천심이란 말
낯 뜨거워 못 하겠다

* '작아도 당찬 아주머니'라는 제주 속담.

민 달

봄비

잠방잠방
뜸을 뜬다

멍울진 자리마다

물둘레 번진 만큼
꽃숭어리 돋아나고

겨우내
얼붙은 가슴

쩌정 쩡
갈라진다

민승희

벚나무 교실

고요마다 빗장 지른
폐교 마당 벚나무에
어둔 그늘 밀어내는 꽃등 밝힌 부신 봄날

휘어진
햇살 가지가
말문을 트고 있다

물오른 가지마다
열린 교실 웃음소리
연둣빛 자음과 모음 하루하루 짙어지고

눈엽嫩葉들
책 읽는 소리
나무 끝이 걸린다

박권숙

가야로 부는 바람

박물관 뜰을 채운 적막을 베틀 삼아
그리움도 열다섯 새 날실로 짜다 보면
사라진 왕국 하나가 펄럭이는 바람결

그 바람 몸을 맡긴 오동꽃 등불 아래
가야금 한 채씩을 품고 선 나무들은
천년을 흐느껴 우는 한 사내를 닮았다

그 울음 휘감고도 남은 바람 한 자락
순장의 와질토기 금 사이로 얼비치는
캄캄한 아니 찬란한 신화 쪽으로 출렁인다

박기섭

봄눈

나의 어린 신부는 흰 나귀를 타고 갔다

탱자나무 울을 지나 흙먼지 에움길을

툭 터진 괴춤 사이로 마른 뼈가 드러났다

젖은 손수건이 첨탑 위에 떨어졌다

눈물이 마르면서 다시 낯선 밤이 오고

혼자서 서녘의 불빛을 느루 셀 듯싶었다

나의 무지 끝에서 너는 늘 반짝였거늘

어찌 몰랐을까 쉬흔 해가 저물도록

다 못간 세상의 저녁에 너는 왔다, 봄눈처럼

박방희

살구꽃

고려 왕건 자취 어린 동서변동 무태* 지구
철거 반대를 철거하며 쳐들어온 포클레인
집과 길 나무와 공터를 차례차례 쓰러트린다

담도 없는 어느 농가 우물 앞에 이르러서
기세 좋던 포클레인 더 나아가지 못한다
사람이 남아 있었나, 목을 길게 뽑는데

포클레인과 마주한 살구나무 한 그루가
온몸에 시너 끼얹고 성냥불을 그어댄 듯
연분홍 꽃망울 터트려 분신하고 있었다

* 무태 : 대구 북구 금호강 가에 있는 마을 이름이다. 공산전투를 벌
이던 고려 태조 왕건이 신숭겸 등과 현재의 동서변동 일대를 잠
행하던 중 늦은 밤인데도 사람들이 자지 않고 길쌈하는 것을 보
고, 게으름이 없는 마을이라는 뜻에서 무태無怠라는 이름을 지었
다고 한다.

박정호

떠드는 봄

가만히 들어봐 네 속을 간질이는 소리
버들개지 흥얼거림에 돌들 서로 부비는 소리
귀 씻고 눈 맑힌 길로 오는 소리소리 저 소리.

파르르 떠는 것인 양 몸 달아 가슴 조이는 소리
벙어리가 알아듣고 귀머거리에게 전해주면
비로소 안도하는 소리 하늘까지 닿는 소리.

박지현

골목 단상斷想

1.
숨어야만 길이 되었다 굽이쳐야 숨이 되었다
어지간한 상처는 휘갈긴 낙서로 남았다
폭설을 껴안은 날이 발치께 쿨럭였다

2.
낮은 등촉 알전구는 새벽녘에도 꺼지지 않았다
복사꽃 환한 봄날 구둣발에 흩날려서야
여나문 살아갈 이유 발그레 익어갔다

3.
해질녘 퇴근길을 오종종 걷는 가장들
깊숙한 가슴 안쪽 골목이 꿈틀거렸다
굽이친 숨결 마디가 흐르다말다 했다

박희정

벚꽃 학교

폐교가 된 지 오래건만 학교를 지키고 서서

아슴푸레한 기억을 따라 중간고사 쳤나보다

정답을 맞히었다는 듯 싱글벙글한 벚나무

들풀과 주고받은 흔적, 풀밭 공책에 써놓으며

아이들 눈빛처럼, 쇠똥구리 생각처럼

그 봄날 빛났던 소풍을 서술형으로 풀었다

이따금씩 드나드는 다람쥐와 구렁이는

운동장 가장자리에 마음도장 꾹 찍으며

벚꽃잎 푼푼한 그늘에 쪽지 편지 숨겼다

배우식

연둣빛 사월

사월의 잎사귀는
아주 작은 발레리나,

바람 따라 발 굽혔다
일어서며 날 향해 발롱!

연두 잎 돋아난 손으로
나는 춤사위 하고 있다.

사월의 이파리는
아주 예쁜 연둣빛 새,

바람 불면 나무에서
새들이 날아오른다.

저 산새 날갯짓 위에
내 두 팔을 얹는다.

백점례

경칩 무렵

비 그치고, 밟는 흙이 밥처럼 부드럽다

속 환히 보이는 가난한 터전으로

저만큼 햇살은 벌써

밭고랑을 치고 있다

지난날 엉킨 덤불도 풀씨의 울이 되고

바람과 살얼음도 깍지 풀어 넘는 길에

떡잎이 기지개를 켜나

발바닥이 간지럽다

봉경미

비켜가네

햇살이 도란도란
골목길 모퉁이에

작은 입술 맞대고
깜빡 조는 아기꽃

봄바람
찾아들었다
배시시 비켜가네

서연정

미로의 다른 이름

우아하게 얽힌 덩굴 향그런 살냄새란 미로랑 딸 미로
랑 그 자손의 거주지다 뒤섞인 사람 냄새로 길은 본래 시
금털털하다

대낮의 숲속에서 일상은 정박이다 바닥에 주저앉아 차
오른 숨 고른다 끌고 온 삶의 꼬리를 잘라버린 도마뱀

수많은 길을 삼켜 통통히 살이 올라 꿈틀꿈틀 뭉클뭉
클 미로의 흰 배때기 만삭인 옆구리 찢어 피 묻은 땅 받
든다

삼동을 난 도토리들 오보록 새순 올려 이정표를 세우
듯 푸른 손을 흔든다 발냄새 땀냄새 먹여 길 내기 좋은
그곳

서정화

봄, 리폼

바늘 끝에 실을 물고 시침하는 보슬비
실표 뜨기 점선 따라 가위로 재단하듯
도처에 처진 어깨들 솔기 터서 가봉한다

겹침 많은 굴곡에 얽혀 감긴 상처들
매만지고 보듬으면 주름도 꽃이 되는
이제 막 새 자켓 입은 봄이 성큼 걸어간다

성국희

내 생의 한 끼

몇 공기 고봉밥도 못다 채운 생의 허기

허허로운 시간들을 이미 다 눈치 챈 걸까

닫혔던 아궁이마다 불붙는 소리 들린다

봄바람 찰진 손 맛, 솔 솔 솔 간 맞추어

잘 닦은 대지 위에 차려내는 오색 만찬

참으로 염치도 없다, 빈 수저만 들고선 나

손영희

4월, 진해

차마 눈이 부서 대면하지 못하겠습니다

호시절이야 잠깐이니 아쉬울 것 없습니다만

대문 밖 상춘의 계절이

치매 앓는 노모 같습니다

꼭 이맘때 명치끝에서 울컥, 치밀어오는

오래된 지병이 제 처소를 떠날 줄 모르니

바람에 실려 온 꽃잎이나

세어 볼까 합니다.

손예화

봄비

햇살 꽃 사운 댄다
꽃망울에
숨은 여울

여린 잎새
스민 울음도
망사처럼 아른거려

갈채 속
라프마니 물빛 선율
저 팔분음표 스타카토

손증호

제비꽃

무거운 바위 틈새
고개 내민 제비꽃

겁먹은 눈망울
낯빛도 해쓱한데

봄바람
괜찮다 괜찮다며
손잡고 일어선다.

송선영

둑길
— 수양버들

흰 강둑
끊임없이 잎새들을 쓸어 버리고

낭창한 잔가지들로
억센 겨울도 날려 버리고

오늘은 저 해진 등짐 위에
길게 드리운,
눈뜬
봄빛!

송재진

입학식 날

손수건을 가슴에 단
일학년 코흘리개……,

새내기 아지랑이도
삐뚤빼뚤 줄을 서고

앞니가
두 개나 빠진 햇살도
재잘조잘 끼어든다

신필영

소금 어머니

간이역 몇 정거장
완행열차 같은 봄날

꽃 피듯
그 꽃 지듯
제 품에 녹아들어

속 넓은 항아리 가득 장맛으로 배어있는

밑간이 짙을수록
음식 맛은 덜하다며

참으로 짜지 않게
그러나 간간하게

말수도 웃음소리도 장 뜨듯이 맑던 당신

심인자

꽃탑

벚꽃 져도 환한 봄날
하동 쌍계사 팔영루 앞

목 떨군 동백 송이 꼭 끌어안은 할배

해종일 돌무더기 위에
비손으로 꽃탑 쌓네

꽃 지는 저 너머로
연두는 떼 지어 솟고

겨운 짐 덜고 가라
발길 잡는 꽃 할배

봄날은
꽃 펴 놓아도
꽃 접어도
울렁울렁

양계향

삼월

심술쟁이 꽃샘바람
잠든 나무 깨우고

목련꽃 봉오리가
살며시 눈을 뜨니

어머나!
깜짝 놀란 봄
기지개를 켭니다

양점숙

복수초

딸부자집 딸들의 설빔은 노란 저고리

큰년이 작은년이 옹기종기 모여 앉아

공깃돌 높이 올리면

삼동에도 볼 붉는다

엄윤남

소풍

아이들 보물찾기
어른들은 수다 떨기

음료수 한 모금씩에
허리 꼬며 웃는데

벌들은 캔 속으로 들어가고
단내 따라 단맛 따라

웃다가 떠들다가
캔을 입에 대는 순간

벌침 맞은 입술
땡나발 부어 오르고

그 아픔 아는지 모르는지
벌떼처럼 모인 애들

오승희

오래된 선물

보내지 않아도 봄날은 가버리고
화장 짙던 모란도 한때,
그만 별이 되는데

맹세코 잊은 적 없는 넌
잊혀져
무엇이 될까

꽃은 피고 지고 피고
눈물 떨군 꽃자리

아픈 열매 하나쯤 모른 체 지나가면
이 세상, 천치 같은 봄날
처음 온 듯 다시 온다

옥영숙

봄비 공양

머리맡에 밀봉해둔 북채를 꺼내서

떨리는 손가락으로 무릎 꿇고 징을 치는

통도사 홍매화 몇 송이 소문보다 일찍 폈다

우아지

봄의 뒤편

봄이란
보임의 준말
못 보던 게 보이는 봄

새봄엔
뭐가 보이나
조간 석간 수군수군

보인다
폐허 같은 지면
울화가 쌓인 갈피갈피

우은숙

가난한 축제

우리 동네 과수원에 봄마다 피는 배꽃
올해도 어김없이 허리 휠 듯 피었는데
고딕체 **영농금지**가 개발구역 통보한다

숨 막히게 피워낸 눈부신 절정의 행렬
시리도록 폭죽 터진 저 축제 언제 끝날지
아찔한 고요의 시간 화두처럼 번져갈 쯤

난 재빨리 몸 안으로 배나무를 가지고 와
거친 내 몸 구석에 정성 다해 심는다
입안은 금방 배꽃으로 가득 찬 수레다

그 때, 과수원 앞 좁은 길 사이로
천천히 자전거를 밟고 오는 사내 아이
스르륵 흰 꽃잎 열고 배꽃으로 들어온다

유재영

햇빛시간

미나리 새순 같은
사월도 상순 무렵

초록빛 따옴표로
새 한 마리 울다 가면

내 누이
말간 눈물에
나이테가 돌았다

유지화

벚꽃 달빛을 쏘다

요요한 벚꽃들이 섬진강에 범람합니다

지상에 강림하신 사월의 화신입니다

이 땅은 천국입니다

남해 벚꽃 만발한

신화 속 가시버시 활시위를 당깁니다

일제히 벚꽃들이 달을 향해 날아갑니다

만개한 봄밤입니다

천상천하 아득한

유헌

쑥, 뿌리

경쾌한 왈츠가 무대에 깔린다. 초봄의 환희가 객석을
휩쓸고 있다. 휘감은, 근육 풀고 솟구쳐 춤추는 발레리나

윤금초

봄, 뒷담화

봄도 봄답지 않은 봄
때아닌 꽃멀미 난다

우르르 우르르 왔다 우르르 떠나는 봄

잉 잉 잉
꿀벌 군단이
사가독서賜假讀書 차린갑다

윤종남

봄

거울 앞에 앉아서 내 안의 봄을 본다
숱한 봄을 놓쳐버린 마흔의 얼굴 위로
만발한 꽃이 웃으며
서먹하게 달려온다

거울 속에서 봄 한 철이 웃고 있다
웃고 있는 봄 앞에서 억지로 꽃물 들이면
마음도 고무풍선처럼
부풀어 오른다

만남은 언제나 햇살처럼 눈부시다
더 이상 뜸들이며 기다리지 말아야지
마흔의 짧은 봄을 입고
나는 문 밖을 나선다

윤현자

봄비

기별도
한 장 없이
봄비 오시는 날

새싹들
꼼지락꼼지락
마중나오는 것 좀 봐

연초록
새신 잘잘 끌며
서로 반기려 야단이야.

이말라

제 1악장
－새 봄

바람은 연두 빛
반짝이는 잎사귀에

부서지는 하늘 빛
아름다운 분사噴射여

선율은 높은음자리
감미로운 서곡이다

찰랑대는 물소리 내며
하르르 꽃 피누나

보고 싶고 보고 싶은
그 사랑도 꽃이 되는

섬세한 땅울림의 시작
나긋한 물결이다

이명숙

찔레꽃 향기는 남아

달빛도 속울음은 심장보다 붉어서 나 없는 계절의 혀
울걱 깨물어 저 강,
핏물로 물들인 것은 터무니 있는 상처 흔

가시 뽑힌 꽃망울 그 시절 간 데 없고 물기 없이 돌아온
절망조차 차분한,
꽃물 죄 흘리고서야 핏기없는 꽃은 피어

꽃은 누구를 위해 다시 죽어야 하나 괌이야 사이판이야
오키나와 라바울,
기겁할 포화 속 기억 하관하고 말 향기는 남아

이서원

봄

너와 어깨 걸고 살며시 걸어본다
내 생에 여태껏 단 한 번도 내친 적 없는
참 오랜 벗이라 해도 이만하면 믿을 만하다

죽마고우 관포지교 백아절현 말들 속에
우리도 이쯤이면 그 뜻에 못 이를까
대숲의 푸른 바람처럼 마음 더욱 설레고

다래넝쿨 휘어감 듯 나와 척척 장단 맞춰
내(川)를 건너 들을 지나 어여쁘다 이 발걸음
샛노란 향기 한 타래 함께라서 더 좋은

이석래

빈대떡

지짐질 번철 위로
통 통 튄 기름기가

동그란 빗소리로 둥글게 자글자글

꿉꿉한 옷 같은 마음 바싹바싹 굽는다

개나리 뚝 뚝 지는
도심을 물들인 봄

꽃바람 부푼 봄빛 화전花煎에 피어나는

번철 위 잘 익은 봄이 빈대떡에 겹친다

이양순

매화가 있는 풍경

아흔에 돌아가신 외할머니 댁 담장 아래
찬바람 속 매화가 화사하니 피어올라
죽음도 꽃 속에 묻혀 그림으로 잡힙니다

일가친척 모두 불러 소 잡고 돼지도 잡아
술상을 차려내고 화투판도 벌여두고
새도록 잔칫집인 양 얼굴들이 환합니다

이윽고 아끼시던 친정 조카 노랫가락에
슬픈 표정 하나 없는 꽃가마 타고 가셨는데
오늘은 가지 끝 저 미소가 내 마음을 적십니다

이정홍

공갈빵

손가락 걸고 한 약속 잊었는지 모르신다
암탉 병아리 품던 때 내 세뱃돈 다 써시고
입학만 하면 주겠다
말해 놓고 안주신다.

나더러 거짓말은 하지 말라 하시면서
개나리 학교 꽃길에 가방 메고 벚꽃 져도
엄마는 거짓말쟁이
우리 엄마 뻥쟁이야.

이정환

봄비

보여주고 싶은 것
참 많은가 봐요.

꽃술마다 잎맥마다
톡톡톡 내리네요.

무언가 들었던 얘기
꽤 많았던가 봐요.

하늘의 말 빠짐없이
땅에 알리고 싶어

빨리 알리고 싶어
물 화살 쏘아대니

나뭇잎 다 받아 적기
몹시 힘들다 해요.

이중원

다시금, 이 새싹은

갓 자란 머리털이 한 올씩 솟아나고
종종걸음 내달리듯 새순이 감아도는데
꼭 닮아 초롱한 눈빛의 번져가는 이슬이

어찌 너는 그리 밝을 수 있었을까
움트듯 파릇하게 태어난 작은 램프
우리가 만든 세상은 검은 상자 같아서

유리가 깨져 나가 새어나온 마지막 숨
침묵하며 죽어야 할 어른이란 잔인한 이름
산 듯이 죽은 자에게 봄날 아직 있는가

어찌 너는 그리 푸를 수가 있을까
무거운 신발굽이 매 호흡을 가늠해도
시멘트 바닥을 뚫고 피어나온 작은 손

이처기

배꽃

맑은 날 시샘하여
황사바람 불지만
몸속에 지닌 향으로
띄워보는 봄편지

이백李白이
가슴을 열고
손짓하는 옥구슬

* 이백: 이태백, 당나라때의 이름난 시인.

이태정

봄이 오면

나물처럼 시를 뜯어먹고 살고 싶다
저 혼자 마음밭 살짝만 일구어도
푸릇한 향기를 낼 줄 알아 천지간에 퍼지고

뜯어도 뜯어도 또다시 돋아나서
당신의 어질고 부드러운 언어로
입가에 오래도록 머무는 한 구절이 되고 싶다

이화우

무위사

한잠 자고 나면 동백은 지고 있겠지

후드득 후렴처럼 해는 이미 넘어가고

일 없는 현수막 같던 집이 간간 펄럭인다

일찍 지는 꽃 사이로 서럽게 울던 새가

증발하는 향기를 산그늘에 덧댄 하루

담백한 산벚나무가 여백으로 들앉는다

인은주

언 꽃

애동지 개나리꽃

가지 끝에 떨고 있네

먼 나라 입양만큼

서러운 온몸으로

노랗게

흰 눈 속에서

속울음도 삼킨 채

임성화

꼬마 봄

봄 햇살은 아직도 여물지 않았는데

바람은 살랑살랑 들판을 기웃기웃

요만한 풀싹은 빼꼼 수줍음을 더해요

새봄이 밀어 올린 냉이를 보았어요

기지개 켠 버들가지 풋웃음 웃고요

두둥실 노랑나비는 봄바람 시소 타네요

임영석

가로수

봄마다 가로수는 가지가 다 잘리고
그늘을 만들었던 허공의 빈자리에
뱀처럼 휘어진 길을 병풍처럼 껴 앉는다.

가짜도 아닌 진짜 진짜도 아닌 가짜
말들을 대신하여 가지를 뻗었는데
위로는 자랄 수 없는 그 말들을 또 듣는다.

언뜻 보면 저 싸움은 답 없는 싸움인데
허공의 그 높이를 꽃길이라 생각하며
우듬지 반이 잘려도 새잎을 또 피운다.

임태진

꽃길

질 때가 필 때보다 아름답다 했던가
나풀나풀 춤을 추며 떨어지는 벚꽃 잎들
바람이 그리는 수채화
길바닥에 수를 놓네

그 길을 혼자 걷다
떠오르는 기억 하나
아내의 생일날에 큰 딸아이 하던 말
"꽃길만 걷게 해 드릴께요 오래오래 사세요"

때로는 눈물 한 점 때로는 한숨 한 줌
어떤 날은 비포장 길 어떤 날은 가시밭 길
헤치며 걸어온 이십 년
돌아보니 꽃길이었네

장영춘

수선화의 봄

기다림의 끝에도 그는 피지 않았다
모슬포 돌담 밭에 어떤 역병 돌았는지

오년 째 꽃대만 올 뿐
향기 한 번 없는 겨울

어느 날 학교에서 사라진 큰아버지
여태껏 야간당직 끝나지 않은 건지

저마다 하얀 울음을
물고 있는 봉오리들

수선화야, 수선화야 벙어리 수선화야
바람결에 증언하듯 몸부림을 쳐보지만

눈치도 체면도 없는
새봄만 다시 왔다

장은수

육묘育苗

온실 같은 책상에서 떡잎 한 장 키운다

원고지 붉은 칸칸 연둣빛을 입혀갈 쯤

돌바기 옹알이하듯 날개 펴는 저 입말들

햇살이 별을 삼킨 그 비유의 행간에서

훌쩍 자란 단어 몇몇 초록물이 번져나고

황토 빛 시의 가슴에 꽃봉오리 벌고 있다

정경화

아, 봄길

장님 한 쌍이 내리막길 걸어간다

이팝꽃 터널 아래 분내 나는 어지럼증

여자는 사내의 팔뚝을 더욱 꼭 붙잡았다

둘이 함께 건너가면 곱절로 꽃이 필까

불안도 불평도 없는 사내의 지팡이는

기꺼이 여자의 발자국 짚어주고 있었다

정도영

누구라서
−목련

누구라서 이 한밤 마당을 서성일까
야무진 마음 자락 초승달도 싸늘한데
창틈을 스미는 온기 뜨건 이름 그대인지

천장에 별을 새겨 천사를 날게 하고
불면은 아찔한 벼랑 솔가지에 머무는데
첫 연서 그 말 없음의 넓은 가슴 그대인지

정수자

아지 마중

오늘도 묵밭 뒤편
두근두근 씻고 나온

꽃다지 길이 있다, 당신을 윤슬 삼는

주근깨 노랑노랑 깨금발
제자리로 늘 새뜻한!

조명선

폭설, 3월

뚝뚝 꺾이는 교만 고슬고슬 흰 꽃 피어

한 끼 밥으로 부풀다가 땅을 치는

때 늦은 그런 굴복이
터질 듯 눈부시다

조영일

울음 꽃

어머니 가꾸시다 떠난 뜰에 봄 오면

싹이 돋아나고 꽃이 피어도 울음

가난을 씻어 내보낸 퍼런 눈물 꽃 핀다

종일 뜯어다 볕에 널어 말린 푸새

그 얼 햇살을 타고 다시 푸르러지는

봄 오면 지천地天 가득히 퍼런 울음 꽃이다

조주환

수목원 가는 길

오월

수목원 길

그 수만 평 신록 위로

푸른 피를 실어 나르는

저 푸른 휘파람소리

나무는

땅의 말씀을

자꾸자꾸

퍼올린다.

조한일

봄바람

벼랑에 아슬아슬
발끝으로 선
노루귀꽃

들녘에 이는 바람
몸 던져 짓이기니

비로소
봄이 보였다

너도 내게
봄이 되었다

지성찬

목련꽃 밤은

나무는 서성이며
백년을 오고 가고

바위야 앉아서도
천년을 바라본다

짧고나
목련꽃 밤은
한 장 젖은 손수건

진복희

쑥국

문득
입안을 감돌며
환하게 열리는 봄.

파란 밀밭
가로질러
달려오는 햇쑥 들판.

국그릇
비운 누나한테서
향긋한
풋내 난다.

최도선

매화 마중

섬진강 물 풀렸다는 소식도 받기 전에
매화 홀로 먼 길 오는 몸 트는 소리 있어
다정한 햇살 품고서 버선발로 나가오

그립다 아니하며 이 마음 숨겨두고
긴 세월 북풍한설 터진 마디 맞잡고자
흐르는 달빛 밟으며 더운 심장 안고 가오

남에서 북에서 필 그 꽃 숨결 가다듬고
오천 년 지녀온 얼 한 지붕에 들어앉아
새벽은 다시 오리라 잠든 향을 깨우오

최성아

꽃감기

목련이 다 이울고 벚꽃이 피는 동안
자판에 코를 박고 기침만 토해낸다
꽃인사 주고받기엔 돌아누워 잠긴 목

귓속에 쏟아지는 가쁜 숨 묻었는데
바람 든 입말들이 퍼 올리는 환한 햇살
뒤섞인 들숨 날숨에 봄 절반쯤 감긴다

신열이 도진 꽃병 어둔 창에 불 밝히면
자꾸 젖는 봄 언저리 두근대는 시간 있다
받아든 작은 꽃잎에 흔들리는 꽃중년

최영효

봄 편지
—5학년 2반 14번 조옥순 올림

여보 당신, 잘 계셨능교, 보고지꼬 또 보고시퍼쏘

당신이 심고 떠난 울타리 옆 개나리꽃

우째서 혼자 보나시퍼 서글프고 원망스럽소만

진작에 이 글 배워 한 배 가득 띠울라캐도

이제사 터질 듯 말 듯 옹알이를 시작했는데

이놈 글 돌부리처럼 여든 앞길에 채여쌓소

그래도 참깨 콩이 때약벼테 크듯이

낱글이 익어서 되글 대고 말글 댄다고

검지에 힘 꼭꼭 주어 이 편지 쓰느만요

배울 때는 맘속에 업는 말꺼정 할라캔는데

말 다르고 글 달라 뜻대로는 안 대서요

서산 해 산 넘어 가모 바늘 간 데 실 갈라요

당신께 배운대로 소 한 마리 키우는데

눈빛이 마주칠 때는 꼭 당신 닮아써요

그렁께, 젊은 여자랑은 행여 곁눈질 마시라요

* 조옥순 : 3월 25일 SBS 〈순간포착 세상에 이런 일이〉 프로그램 주
인공. 현재 80세에 한글을 배우기 위해 초등학교에 재학중.

최오균

어린 봄의 배냇짓

잎보다 먼저 핀 매화
덧니처럼 반짝이는 날
흰빛의 간절한 향기 살랑살랑 흔들다가
보리밭 이랑을 찾아 봄비 살짝 지리는.

누구의 눈물로도
못 녹이던 얼음장을
알발로 자욱자욱 밟으면서, 밟으면서
풋잠 깨 심통부리는 동자개를 얼러대는.

어룽지는 동백꽃비늘
땅바닥에 엎드린 뒤란
맵고도 아린 업연業緣 자오록한 청대 숲에
스스슥, 칼 가는 소리, 이 눅진한 봄날에.

최재남

오월은

산 너머 하늘이 와서
물들인 푸른 광장에

가슴엔 카네이션
거리에는 붉은 머리띠

오월은
꽃도 사람도
붉어지는 생채기

최정남

꽃잎을 쓸며

내 젊음 송두리째 빼앗긴 적이 있네
별을 보듯 너를 흠모한 운명 같은 밤이 있네
모던 걸
다 바치고도
지워야 하는 슬픔이 있네

지난 가을 켜켜이 벗어놓은 낙엽 위에
물기가 남아있는 네 살갗을 포갠다
마당이
온기를 끓어 안고
꽃잎 놓아 주지 않네

한 남자의 연인으로 뜨겁게 살다 가네
한 여인의 그리움이 낙화로 쌓여지고
스님의
다비장 같은
저 거룩한 불꽃놀이

최형심

이팝꽃 거리

순환도로 이팝꽃
배냇저고리 향내 난다

손싸개 벗어 올려
하얗게 핀 꽃숭어리

민소매 바람을 안고
맨몸으로 걷는 길

배냇저고리 흔들리는
맨몸으로 걷는 길

배냇짓 웃음 짓는
허기도 뒤집혀져

이팝꽃 오리길 따라
배냇저고리 깔린다

표문순

현호색*

예닐곱 살 계집애가 손바닥에 얹어준 건
납골당 언덕에서 따왔다는 새의 몸
하늘빛 젖은 부리가 죽음처럼 떨고 있다

발톱의 본능을 꽃대 속에 감춰놓고
너머를 넘어왔다는 기담을 품었을까
경계境界의 비밀을 풀 듯 4월을 누설중이다

울음이 되었다가 노래가 되었다가
유려한 발등으로 독을 품은 꽃잎들
바람의 옅은 기척에도 순간을 놓고 간다

* 현호색 : 쌍떡잎식물 양귀비목 현호색과의 다년초.

한미자

꽃샘바람

어쩌면 이명耳鳴입니다
속가슴이 울어 내는

여미어도
여미어도
솟아나는 그대 생각이

차가운
눈빛을 닮아
어깨 자꾸 시립니다.

한분옥

봄섬 春島*

몇 겹의 비단으로 둘러싼 향인 듯이

친친 동여맨 허리 이냥 풀어 보일 뿐

확 그어 당긴 비린내 몸은 울고 날은 차다

한 질 울을 넘고 두어 질 물을 건너

어슴새벽 이슬 밭에 흰 홑청 걷어 안고

서걱댄 동백꽃머리 울컥, 내뱉는 이름

* 울주군 온산면 방도리에 딸린 섬, 동백나무가 가득하여 그렇게 부름.

함세린

봄비는

겹겹이
쌓인 설움
한바탕 푸는 거야

모질게
참아냈던
그리움 쏟는 거야

그렇게
비우고 나면
웃는 거야 그 꽃이.

홍성란

어린 봄

새는 어디서 오는 걸까
버들강아지 낮은 물가

붉은머리오목눈이 쓰다듬는 눈을 하고

물 건너
보기만 보네 하느님도 꼼짝없이

홍오선

쏘옥쏘옥

봄이면 땅 속에서
새싹들 쏘옥쏘옥

개울가 버들강아지
꽃눈이 쏘옥쏘옥

어느새
우리 아기도
앞니 두 개 쏘옥 쏙.

황다연

봄을 깨운 새

겨울 냉기 부리로 쪼아 봄을 깨우고 날으는 새

연록색 나래짓 공기처럼 가볍다

햇살은 진주 빛 기름 나뭇가지마다 바를 때

아무것도 감출 수 없는 사랑인 듯 살아있는 길
아릿한 숨결마다 향주머니 열려 있는지
키 낮은 물소리 몇 줄 안개 속에 움직인다

황영숙

꽃이 진다고

꽃이 진다고
다 지나

진다고
아주 지나

늦도록 산복숭아꽃
네 맘인 줄
알겠다

어느 날
문득 가벼워지면
그 때
가면 되잖니

여름
시조

강지원

그 해 여름

7월의 귀퉁이가 좌로 조금 기울었나

실밥처럼 터져버린 일광역 매미소리

푸른 물 뚝뚝 떨구며

놓쳐버린 한 사람

권영희

탁족濯足

풀꽃들 옹기종기
하얀 햇살 꺾어 들고

징검돌 치맛단 올려
물빛 퉁기는 냇가

혼자 큰
탁한 마음이
시린 발을
담근다

김경옥

계영배 戒盈杯

우기를 건너가는 두물머리 푸른 연잎
빗물 담고 흔들리며 누웠다 일어섰다
무게를 가늠하는 일
오롯이 몰입하네

깊숙이 뿌리 내려 온
몸으로 올린 찻잔
채워지려는 찰나 아낌없이 비우네
기우뚱 벼랑 끝에서
서는 법을 안다는 듯

김영란

꽃잎 효과

달개비 푸른 꽃잎에
한림바다가 두근거린다
쫑긋 더듬이 세우고
비양도를 향하던
하늘빛
부전나비 한 마리
그 잎에 가 앉는다

김일연

풀잎에게 배우다

비에도
땡볕에도
바람에도
지지 않고

여린
연둣빛들
일어선다
자란다

고난은
용수철인 것
풀잎에게 배우다

김종빈

도라지꽃

뒷산 중턱에 가면 도라지 꽃밭이 있다

종일 같이 앉아 골똘히 생각이 깊던

두어 평 환한 자리가 요즘 너무 짠하다

남지나 뱃길 앞에 맞바라기 터를 잡고

열여섯 분이 누이, 그 모두를 지켜봤을

길 잃은 반쪽 꿈들을 기다리고 있는 꽃

흰 뿌리가 밀어올린 멍빛 진한 꽃잎은

한 생의 아리고 쓰린 쪽빛 저고리 고름

무명천 속곳을 닮은 이 땅을 움켜쥔 꽃

김진희

여름 칸타타

비 그치자 운동장에
미꾸라지 팔딱인다

길 막고 길을 내어
사방치기 돌을 쌓고

쪼르르 부는 바람에
개살구 툭 떨어진다

연못에서 건반 치듯
톡톡 튀는 물방개

투명한 한낮의 음이
둥글게 파문인다

매미는 높은음자리에서
간혹 음을 꺾는다

김태경

7월의 기도

가다가 주저앉는다
내가 전한 그 안부가
아차차 하는 순간 허방에 빠져버렸다
선잠 든 그대 꿈속의 아련한 비명같이

말에도 길이 있다면
그 길이 꽃길이기를
그대 향해 달려가는 저 들판의 바람처럼
향기에 입술을 씻고 맑은 날 걸어가도록

외출한 나의 말들 돌아올 줄 모르지만
해바라기 꽃 피우는 소리로 퍼지다가
어디서 그대를 만나
꽃밭 환히 가꾸었으면

김혜원

연꽃바람

백련 꽃 그늘 아래 숨어 놀던 여름이
짓궂은 장난기로 귓불을 간지럽혀
춤추는 바람의 향기
온 천지가 극락이다

박경용

장마 뒤끝 · 3

용틀임하던 구름이
길게 가로누웠다.

늘 물구나무서던
물속의 둑 그림자도

이제는
마음 가뿐한지
발 뻗고 드러누웠다.

박명숙

하지

마른 땅
깊숙하게

타는 뿔을 들이받는

여름날
수사슴 같은

아침 한때 소나기

마당을
갈아엎을 듯

땡볕이 뛰고 있다

변현상

소나기

빌딩 넘고 광장 지나 호통치며 달려온다

술에 취한 지상을 뺨 때리고 쥐어뜯고

똑같은

그놈 그놈이

먼지 나도록 패고 있다

서성자

봉숭아 끝물

안녕, 하고 말하면
그대 왈칵 그리워서
성의 없는 목례로 여름을 보냅니다

매미가 놓고 간 소리 오해처럼 깊습니다

이리저리 굴러가 옛일로나 필까요?
대답 대신 저녁 햇살이
잠시 흔들리는데

선홍빛 그림자에 닿는
바람이 참
가볍습니다

오종문

꽁보리밥

연일 폭염 계속되는 입추의 점심시간
상다리 휘어지는 보리밥상 앞에 두고
입맛은 유년의 기억
꿈길처럼 찾아간다

사발의 꽁보리밥 몇 술 떠서 찬물 말아
풋고추 된장 찍어 한 입 울컥 삼키는 때
여남은 알갱이들이
입안에서 겉돌았다

오늘 눈빛 총총하고 마음새는 더 얇아져
한 가족의 먼 이야기 만날 수 있는 걸까
잘 익은 열무김치가
서늘함을 일으킨다

이분헌

망초꽃

바람도 잠시 주춤 숨죽인 언덕 아래
허리 곧추세우고 작은 키 발돋움으로
그리움
만삭인 무덤가
눈물처럼 피는 꽃

사는 날 변명들이 웃자라는 시간마다
먼 소식 기다리며 제 영토 넓혀가는
그 갈증
하얀 꽃잎에
갈래갈래 타고 있다

이소영

오수午睡

숲 속 도서관 나무 그늘 이불 삼아
무릎을 맞대고 노부부 잠이 들었다
달달한
피곤기가 빚어낸
데칼코마니
사랑♡

이수윤

해
—2018 여름

시침 떼는
너란 녀석

소리 없이
한 입 베어

사과마다
패였구나

미기후로
유혹하고

차라리 불을 쏘아라
웃는 미소
돌려주마

이순권

초여름 문장대

책갈피 뒤적뒤적 줍는다, 이삭 몇 낱

잇속 좇는 하루하루 흥정하듯 구걸하듯

한세상 티끌에 절다 속리의 품 안길 때.

빼곡히 찬 초록 장서 생금 같은 숨결 뿜네.

산마루 너럭바위 벽 허문 열람석 너머

첩첩이 경전 펼친 산, 섬이 되어 떠간다.

이은정

여름 우포

바람으로 한땀 한땀 메워진 숲길 위로
잘 짜여진 집 한 채 풀빛으로 보드랍다
움트듯 촉 틔운 하늘 발갛게 떨어지는.

개구리 수다로 첨벙되는 초록 숨결
천지 가득 채워진 물안개 짙어지면
일억 년 원시의 아침 가시연이 깨어난다.

이태순

작은주홍부전나비

저 엄지 손톱만한 작은주홍부전나비

검은 점 박힌 날개 접었다, 폈다 하는 동안

금불초
꽃무더기가
하르르 피고 있다

햇살 따가운 한낮, 언뜻 비친 주근깨 소녀의

말간 기억 달아맨 나비는 날아가고

허름한
신발을 신고
휘적휘적 걷는 여자

이희숙

여름 숲에 들다

겁에 질린 도라지꽃 풀섶에 숨었네
무소불이 멧돼지 방금 지나갔는지
악보를 펼치는 소리
정적 고인 등성이

숲속엔 공존하며 살아가는 질서가 있어
유혹의 덫을 놓은 독버섯 들여다보면
비바람 가려주기에 고물고물 세 들어 산다

앙상한 고사목 육신공양 하고 있는
무상의 피톤치드 푸른 기운 가득한 골
가만히
귀문을 열면
비발디의 사계四季다

임채성

하지, 광장

수만 개 촛불 앞에선 어둠도 길을 튼다

바람 불면 흔들리는 부끄러운 도시 앞에
빠르게 별이 내리듯
점묘화로 이는 불꽃

골목골목 뚫아 가는 비브라토 통성기도

밤을 건넌 사람들의 불그레한 눈빛 너머
사태 진 네거리 복판,
아침은 또 연착이다

아스팔트 깨진 틈새 언제쯤 꽃이 필까

먹장구름 비를 몰아 긴 장마 예보할 때
잡초들 젖은 울음이
비등점을 넘고 있다

장수현

이맘때

1.
손톱 깎던 노인이
검지에 침을 발라

다 닳은 문장 같은
툇마루 더듬는다

초여름
비린 낮달을
조심스레 주워 올린다

2.
일생에 대하여
손금을 펴 보이는

잎잎이 만다라曼茶羅인
마당가의 나무들

말갛게
떠오른 손톱달을
하나씩 새겨 넣는다

정옥선

늦여름 안부

택배상자 하나가 헐떡이며 들어섰다
튼실하게 잘 자라준 흙 묻은 감자더미
다 늙은 오이 하나가 비석처럼 얹혀왔다

부러져 깁스한 엄마의 오른팔 같다
유기농 호밀빵처럼 터지고 거칠거칠한 게
뜨겁다, 싱싱했던 날들 조용하게 늙힌 몸

쌉쌀한 노각 맛이 입맛에 딱 맞는 듯
남편의 바쁜 젓가락이 여름을 들어 올리고
팔순의 넝쿨 헤집는 팔이 또 다시 어른거린다

정희경

대서大暑

몸 빨간 소쿠리에 푸른 사과 너덧 알

운촌시장 한길 가 뙤약볕에 나앉았다

온종일 누렇게 뜬 얼굴 기다림이 나른하다

단내 쫓던 초파리들 초점이 흐려진다

물기도 말라가고 아삭함도 지워지고

푸석한 몸뚱어리들 날이 함께 저문다

조성문

몰라, 배스킨라빈스

해 지지 않는 그곳
눈부신 오로라 너머
어쩌면 덩치도 큰 북극곰 사는지 몰라
열대야 불빛이 환한 우리 동네 저 얼음집

흰여우 따로 똑같이 짖는 울음 들릴 듯한
입안에 녹아들 거라 서늘히 발림하는 곳
갈 수도 돌아갈 수도
그 어디에도 없는 날

길고 긴 마른장마
으스스한 여름 한철
무너지는 빙산 절벽 성엣장 둥둥 뜨고
순록 떼 떠날지 몰라 지구별 잠길지 몰라

조정희

모기

이 보다 더 정직한
도둑을 본 적 없다

피를 훔친 자리마다
표시까지 해두다니…

팔뚝에
하나 둘 셋
다리에도 넷 다섯

하순희

여름의 기도

숫구치는 물길 따라 부서지는 푸른 파도
마음의 이랑마다 스미는 그리움 되어
뜨거운 태양빛 아래
지친 꿈을 여물린다

손 놓아 보내버린 뜻 없는 세월에도
불이었다 물이었다 온몸 저린 환희였다.
저 혼자 떠돌던 구름
비가 되어 내리고

제 가진 아픔들을 제 각각의 저울에 달며
작열하는 하늘 향해 날아오르는 목숨덩이
가을을 예비케 하소서
뜨거운 생의 한가운데

현상언

산山 소쩍

삶은 푸르디난뎌
사랑은 푸르디난뎌

너는 거짓부렁을 잘도잘도 우니나니
길을 찾지 못하여
집을 짓지 못하여
밤이면 청중에게 교태를 떠는 것이

별빛도 푸르디난뎌
달빛도 푸르디난뎌

가을
시조

강경주

강물도 느슨해지고

할 만큼 했다는 듯 강물이 느슨해졌다
한소끔 끓어오르던 매미 소리도 잦아들고
구름은 씻겨진 몸을
하늘 높이 널었다

아침 저녁으론 벌써 맑고 차운 기운이 돌아
풀벌레 소리 풀잎 끝에 이슬처럼 맺히고
약수암 목탁소리가 또록또록 여물었다

먼 들판 끝으로 저무는 강물이 반짝인다
모두들 꼭 저만큼씩 흔들리는 저녁에는
내 안의 등불을 끈다
휘영청 달이 밝다

강경화

가을

지팡이에 의지해 아침마다 동네 한 바퀴

할아버지 걸음 따라 뒤뚱거리며 구르는 낙엽

혼자서 걸어가기엔

가을도 힘이 든다

권도중

코스모스

가기만 하는 길 가 코스모스 피어 있다
너를 못 보는 오늘이 나를 못 보듯
안부를 잡지 못해서 버스가 지나간다

가을 길 코스모스 네가 있어 흔들린다
생각이 그 사랑이 저 멀리 맑은 하늘
없어서 벼가 익는다 없는 곳에 살았다

김미정

왕피천, 가을

돌아오는 길은 되레 멀고도 낯설었다
북위 삼십칠도, 이정표 하나 없고
피멍든 망막 너머로 구절초 곱게 지는데

귀 익은 사투리에 팔다리가 풀리면
단풍보다 곱게 와서 산통은 기다리고
한 세상 헤매던 꿈이 붉게붉게 고였다

숨겨 온 아픔들은 뜯겨 나간 은빛 비늘
먼 바다를 풀어서 목숨마저 풀어서
물살을 차고 오르는 연어들의 옥쇄玉碎 행렬

건 듯 부는 바람에도 산 하나가 사라지듯
끝없이 저를 비우는 강물과 가을 사이
달빛에 길 하나 건져 온몸으로 감는다.

김보람

개

글쎄요 우스운가요 나의 늙은 개들이
팔을 저어 허공을 긁어 대는 가을이에요
포복한 개들의 절규 밤새 달라붙어요
자라나는 구석에 단 하나의 이빨 숨기고
바닥을 끌어당겨요 어금니 꽉 깨물어요
사냥의 끝에서 만날 살 냄새를 꿈꾸며
눈동자의 허연 구멍이 하늘에 걸려요
자꾸만 무너지는 바람의 사이렌 앞에
엎드린 자세 그대로 앞날을 지켜봐요

김연미

닻이 있는 풍경

가을이 지나가는 바닷가 둥근 안쪽

그 흔한 연줄도 없이 혼자 남은 닻 하나

기우뚱 바다 속으로 화살표를 꺾는다

닻 내린 지점을 어부는 잊었을까

파도의 호흡 아래로 드러났다 잠기는

쓸쓸한 풍경이 되어 녹이 슬어가는 기억

빈 몸으로 살아도 아직 남은 부끄러움

계절마저 다 떠난 섭지코지 뒤편에서

바다의 얇은 이불을 끌어당기고 있었다.

김영재

가을날

가을 햇살 앞장 세워 아이와 밤 따러 간다
자유로 곧은 길 따라 임진강 가 어디쯤
알밤은 아이가 줍고 떫은 밤은 내가 줍고

한나절 놀았을까 허리 펴고 먼산 본다
잡힐 듯 다가오는 그곳은 개성 송악산
이렇게 맑은 날이면 몸도 따라 가겠네

밤 한 알 떨어지듯 밤 하늘 별 내리듯
너와 나의 마음도 땅 위에 내려 놓으면
강물 언 혹한의 밤도 따슨 손 펼 수 있겠지

김윤숙

가을 숲에 들다

다 비워 놓았다고 나를 이끈 시오름 숲
나뭇가지 받아든 햇살, 전해오는 온기에
두툼히 감싸 입은 옷 슬며시 벗어든다

코끝을 스치는 맵싸한 향기 뉘신지
빛 바랜 추억 모두 단풍물 드는 여기
생각도 물웅덩이일까, 또 낙엽 떨어진다

아득한 숲길 돌아서면 저리도 환한 허공
벼린 잎처럼 아리던 그 이름 부질없어
단풍 든 물웅덩이에 내려 함께 스민다

김윤철

상강

손님도 이발사도 백발인 상강이발소

혼자 된 아랫말 사돈 노인 다녀가시고

동냥 볕 가랑잎 봉당 한 줌 가을 첫서리

김 정

가을 을숙도

머릿수건 벗어든 물억새를 배경으로
빗살무늬토기 빚던 철새 떼 저 춤사위
무대를 내준 갯벌이 놀 조명에 환하다

3막이 채 끝나기 전 자리 편 일몰 앞에
꽁지로 담묵 찍어 하늘에 시를 쓴다
산등성 돌아난 반달 글 말미에 낙관 찍고

먼 길 돌아돌아 뒤채던 물줄기도
다다른 하구에서 지친 몸 푸는 시간
빗장 연 어머니 자궁 따뜻하게 감싼다

김차순

댓돌 위 찻집

댓돌 위 그 찻집에 해거름이 찾아든다
단풍 든 한 여자가 수구守舊를 털어내고
빈 가지 어디쯤엔가 또 한 생을 달고 있다

오래된 찻잔 속에 꼬리해가 들어앉고
쉬이 숨이 가쁜 소리꾼과 소리 사이
말없이 따라나서는 이 저녁이 푸르다

한 번도 만난 적 없는 접질린 생의 무게
살고 죽는 일이 창밖의 바람인 것을
엄지를 치켜세우는 숨바꼭질 넌 술래

나순옥

고추잠자리

가을을 업고 날아온
빠알간 잠자리야
까만 밤이 무서워
꼬리가 빨개졌니
햇볕에 함빡 익어서
꼬리가 빨개졌니

엄마가 내 손톱에
봉숭아 물들여 줄 때
너도 와서 몰래 몰래
꼬리에 물들였지?

이것 봐
내 손톱이랑
똑같이 닮았잖아

박성민

숲을 金으로 읽다

난시의 가을인가, 도리마을 은행 숲에
버려진 잎들끼리 껴안고 뒹구는 땅
눈부신 폐허의 풍경이 金빛으로 타오른다.

너 떠나자 가을이다, 어깨를 움츠린 가을
우듬지까지 밀어올린 눈물의 뿌리들이
써놓고 부치지 못한 편지처럼 쌓여간다.

가만히 만져보면 보풀 이는 너의 손등
추워지는 영혼마다 어깨들 감싸주듯
맨살이 맨살을 더듬는 은행 숲이 빛난다.

박시교

가을 산을 보며

시월이여, 여윈 네 모습 눈부셔라, 마냥 눈부셔

그 무슨 병처럼 가슴에 타오르는 불

내 안다, 안으로 울음 삼키는 저 산 속앓이

먼 사람아, 가을산 같은 그리운 사람아

사랑도 열매처럼 달게 익을 수는 없는가

시간은 머물지 않고 흘러만 가는데

눈물처럼 번져오는 그리움의 메아리

그 아득한 구비 돌아 또 한세월 저문다

그림자 길게 드리운 한 사내의 가을 저문다

박연옥

그리고 남은 적막

천천히 늙어가는 외딴집 저녁 노을
대숲을 배경으로 가족 같은 감나무
발갛게 등을 밝히고 누구를 기다리나

우표 없이 배달된 눈부신 벌레소리
억새들 은빛 갈기 달려가는 언덕 아래
구절초 보랏빛 향기 또 하나 남은 적막

박옥위

가을 화랑畵廊에서

가을 꽃 한 아름을 안아 돌절구에 놓았더니
향기가 뒤 따라와 그 자리를 넓히고
보고픈 얼굴이 가만히 겹쳐
잠시 눈을 감았다.

몇 점 화폭들이 가을 애기에 잠기는 동안
들국화 억새풀, 속 터진 석류 그 시린 별과 사랑
저 마다 제 숨결을 익혀
가을 소리 정갈하다

풍경 속 초막 사립 살풋 밀고 들어가
마른 장작 한 단을 풀어 군불 지피고 싶은 저녁
가랑비 자욱한 모전재를
누가 넘어 오시나.

서숙희

천고마비의 시

씻을 것도 없는 파란 하늘 한 잎 따내서

흰 구름 담뿍 얹고 붉은 단풍 고명 놓아

두 볼이 미어지도록 먹고픈 저 잘 익은 가을 한 쌈

서일옥

가을의 소리

톡-톡 밤송이 살 터지는 소리
차르르- 은행나무 금전 쏟는 소리

하늘에 닿을 수 없어
자꾸만 보채는 갑다.

사각사각 갈잎이 마루 밑에 눕는 소리
바르르- 문풍지가 오돌 오돌 떠는 소리

산마다 빨간 불 붙어
후다닥 숨는 갑다.

톡톡, 차르르
사각사각, 바르르

달님은 조심조심
산을 넘어 가는데

가만히 책 읽는 소리에
가을 밤이 깊어간다.

선안영

순천만, 다만 시작되는

갈대밭 호루라기 소리가 휘어진다

눈 코 입 다 지워진 짐승의 그림자 같은

마른땅 한 뼘도 없는 뜨악한 이 장례지

엎드린 울음들이, 따라 우는 흐느낌이

면도날 날을 세워 맨살을 지나간 듯

시커먼, 죄도 씻길 듯한 소리들에 베인다

먼 하늘의 고요를 꿰매어 이으려고

자신을 끊임없이 때리며 오르내리는 새

갈꽃들 유서의 재처럼 동쪽으로 날아간다

성정현

가을 문턱에서

먹구름 뛰어 넘어
산굽이 돌아오니

실비단 가을 햇살에
아우성치는 억새들

어머니
한 말씀 하신다.

"그 동안 데기 더번제"

송유나

망초꽃 어머니

어쩌면 꽃이라기보다 풀이라야 어울릴까
있는 듯 없는 듯이 제살 삭혀 앉혀 두고
긴 대롱 초록 물소리 숨차하던 엄니 숨결

물잠자리 눈 굴리는 곳 서호천 산책로 따라
일렁이는 파장을 딛고 일어서는 어머니
그 환한 얼굴을 보면 눈시울이 젖어든다

외오 선 생生의 깊이가 늪물 스릇 고여 들고
다 떠난 둥지 안에 밤이 없듯 뒤척이던
쌓여진 앙금이 일다 초록마다 쏟아낸 별

송인영

고독사

상강도 훨씬 지난 연북로 늦가을 오후
잎 다 진 나무처럼 곧 헐릴지도 모르는
무허가 저 집을 지켜낸
무당거미 한 마리

한 때는 식솔들의 밥통으로 존재했던
아직 상표 선명히 남아 있는 '삼익쌀통'
그 허공 부둥켜안은 채
웅크린 무당거미

버릴 것 다 버리고 지울 것 지우면서
키 낮은 부엌 구석, 한 그릇 퍼 담았을
기척도 안 남기고 떠난
무당거미 한 마리

신현배

가을 하늘

흙으로 빚은 듯한
청잣빛 저 하늘은

하느님 손끝에서
태어난 작품이지.

저녁놀 가마에 구운
최고 명품 도자기네.

오승철

한가을

한여름과 한겨울 사이 한가을이 있다면
만 섬 햇살 갑마장길 바로 오늘쯤이리
잘 익은 따라비오름 물봉선 터트리는

고추잠자리 잔광마저 맑게 씻긴 그런 날
벌초며 추석명절 갓 넘긴 봉분 몇 채
무덤 속 갖고 가자던 그 말도 흘리겠네

길 따라
말갈기 따라
청보라 섬잔대 따라
아직도 방생 못한 이 땅의 그리움 하나
섬억새 물결 없어도 숨비소리 터지겠네

오영호

늦가을의 평화

감나무 우듬지에

남아 있는 단감 몇 개

날아든 직박구리 참새 오색딱다구리…

아무런 다툼도 없이

먹을 만큼

나눠 먹는

오은주

시월

구절초 강변 위로
날아가는 기러기 떼

날개 끝에 강물 적셔
산허리에 내려 놓네

아직도 부치지 못한
젊은 날의 붉은 엽서

유영선

11월

혼자인 줄 알았어
나와 같은 또 하나

낙엽처럼
거리를 걷는데
붉어진 눈

낮달이
오래전 편지처럼
바라보고 있는 거야

윤경희

우포늪의 가을

도무지 알 수 없는 너의 곁에 섰다

형언치 못할 이끌림에 사로잡힌 하루

온종일 그 품에 안겨 벙어리가 되었다

끝도 보이지 않는 너의 곁에 섰다

일제히 늪 속으로 빨려 들어가는 새들

황홀한 절정의 날갯짓 추신처럼 남기며

시간도 멈추어 버린 너의 곁에 섰다

깊은 어둠을 삼킨 오래된 낮달 하나

불멸의 짙은 길 위를 맨발로 걸어간다

이남순

감국 향기

기우는 꽃빛 받아 가실하는 바람 속에

오래 참은 약속처럼 잘 익은 가을 산에

뜨겁게 묻어둔 말이 등성이에 환하다

잡힐 듯 내달리는 저만치 시간을 따라

열일곱 혹은 열여덟, 볼이 붉던 그 시절에

한 번쯤 맡았음직한 그 내음이 묻어난다

계절을 건너와서 깃을 치는 단풍처럼

내 허물도 벗어놓고 들국화에 들어볼까

달큼한 속살의 향내가 다시 나를 달군다

이달균

다시 가을에

또다시
늑대처럼
먼 길을 가야겠다

사람을 줄이고 말수도 줄이고

이 가을,
외로움이란
얼마나 큰 스승이냐

이동백

그 순간

감잎들 쏟아지니
그늘마저 참 붉다.

나무가 몸을 비워
하늘을 받쳐 드니

감 하나
지구 너머로
각혈하듯 떨어진다.

이두의

가을 장미

가쁜 숨 몰아쉬느라
봄, 여름내 아찔했던

현란한 몸짓으로 숨겨뒀던 욕망으로

입술을
열었다 닫는
골목길만 붉었다

해마다 다시 오는
꽃들은 참 좋겠다

한순간 지고 나면 다시는 필수 없는

나이가
꽉 찬 여자 몇
담장 아래 시든다

이상범

가을 손

두 손을 펴든 채 가을볕을 받습니다

하늘빛이 내려와 우물처럼 고입니다

빈손에 어리는 어룽이 눈물보다 밝습니다

비워 둔 항아리에 소리들이 모입니다

눈발 같은 이야기가 정갈하게 씻깁니다

거둘 것 없는 마음이 억새꽃을 흘습니다

풀 향기 같은 성좌가 머리 위에 얹힙니다

죄다 용서하고 용서 받고 싶습니다

가을 손 조용히 여미면 떠날 날도 보입니다

이승은

하늘 배 맛

왜 이리 낯익을까 가을 기산 저수지

산자락 주름지는 물빛도 잔풍한 날

모서리 닳은 그 마음, 단풍이 늦들었다

당겨도 늘어나는 송전탑 전선 너머로

무심히 썰어내는 다디단 하늘 배 맛

바람도 바람이 나서 그 배 몇 쪽 베어 문다

이승현

고요

바람은 금가루를 논에서 일구고요

햇살은 이삭에 맺힌 이슬을 다듬고요

들녘은 누렇게 누른 누룽지 맛나고요

이우걸

단풍물

가을에는 다 말라버린 우리네 가슴들도
생활을 눈 감고 부는 바람에 흔들리며
누구나 안 보일 만치는 단풍물이 드는 갑더라

소리로도 정이 드는 산 개울가에 내려
낮달 쉬엄 쉬엄 말없이 흘려보내는
우리 맘 젖은 물 속엔 단풍물이 드는 갑더라

빗질한 하늘을 이고 새로 맑은 뜰에 서 보면
감처럼 감빛이 되고 사과처럼 사과로 익는
우리 맘 능수버들엔 단풍물이 드는 갑더라

이원식

귀뚤귀뚤

오늘도 참 많이 울었다

풀에게
미안하다

이 계절
다 가기 전에
벗어둘
내 그림자

한 모금 이슬이 차다

문득 씹히는
내생來生의 별

이은주

섭섭한 가을

낙엽을 감시하듯
경비는 순찰 돌며

하루에도 몇 차례씩
가지를 내흔들어

가을을
싹싹 쓸어 담는
비질 소리 끈끈하다

앞을 쓸면 뒤로 한 잎
뒤를 쓸면 앞으로 한 잎

찬찬히 더 보라고
한 닢 두 닢 보태는데

아저씨
비 집어던지고
은행나무 냅다 찬다

이익주

가을 추억

어쩌다
가을 물빛에
마음 적신 그대는
흔들리는 기억 사이로 맥을 짚고 다니면서
색 고운
달빛 만 갈래
엮어가는 밤입니다

메아리
붉게 번져
산허리를 두릅니다
쌓이고 넘치는 꿈 뜨락에 내려서서
조용히
추억 한 채 이고
새벽 산보 나섭니다

이종문

묵 값은 내가 낼게

그 해 가을 그 묵집에서 그 귀여운 여학생이
묵그릇에 툭, 떨어진 느티나무 잎새 둘을
냠냠냠 씹어보는 양 시늉 짓다 말을 했네

저 만약 출세를 해 제 손으로 돈을 벌면
선생님 팔짱 끼고 경포대를 한 바퀴 돈 뒤
겸상해 마주보면서 …… 묵을 먹을 거예요

내 겨우 입을 벌려 아내에게 허락 받고
팔짱 낄 만반 준비 다 갖춘 지 오래인데
그녀는 졸업을 한 뒤 소식을 뚝, 끊고 있네

도대체 그 출세란 게 무언지는 모르지만
아무튼 그 출세를 아직도 못했나 보네
공연히 가슴이 아프네, 부디 빨리 출세하게

그런데, 여보게나, 경포대를 도는 일에
왜 하필 그 어려운 출세를 꼭 해야 하나
출세를 못해도 돌자, 묵 값은 내가 낼게

이지엽

국화

학생들이 집으로 가고 연구실에 혼자 앉아
문 쪽 바라보다 머무느니 국화 한 다발

시들어 푸석한 얼굴
누가 꽂아두고 갔을까

갑자기 내가 무서워진다 주위를 둘러본다
어느 행간 헤매다가 나는 주저앉은 것일까

한 계절 가는 것도 모르고
꽃 있는 줄도 모르고

유리창 밖 어둠 속에서 누군가가 나를 보면
그도 흠칫 놀랄까 먼지처럼 늙는 생生을 보고

내 마음 금간 화병에
물을 가는 늦은 저녁

임석

가을 편지

황금 빛 가을 산이 차박차박 걸어옵니다
우루루 새 떼처럼 가지 사일 누비다가
한 줌의 꿈을 쪼아서 갈밭에다 묻습니다

긴 여정 흐르는 물이 지쳐 쉬고 있습니다
그 위에 별을 품고 숨바꼭질 하던 달도
제 모습 비추어 보며 그리움을 앓습니다

한 잎 자유 몸을 낮춰 거리를 서성입니다
긴 여름 흘린 땀이 채 마르기도 전에
피곤한 삶을 달래며 낙엽 편지 씁니다

임성구

단풍나무에 단풍 들면

초경을 막 시작한 아이가 맑게 웃던 날
푸른 덩치 그 여름이 통째로 타버렸다

가을은
나이를 화장火葬시키는
긴 감탄사의 장례식

단풍나무에 단풍 들면 사림정원 산다화 진다
—그대 향한 내 사랑의 체온은 몇 도 쯤일까?

자꾸만
궁금증이 커지면
더 큰불을 놓고 싶다

임영숙

거울달을 보며

가을밤 창밖 너머 밤하늘을 올려다보면
작아졌다 커지는 거울 같은 하얀 달이
만남을 다 감추지 못해
달무리로 다가온다

그 마주침에 어쩌다 마음 설렌 나는
할 일도 접어두고 아득함에 사라져가고
거울은 여태 들여다 본
얼굴을 보여준다

혼자 온 길 너무 멀어 뒤꿈치가 다 닳아
기억 속 언뜻언뜻 어린 시절 그 모습
그 밤에 맑은 얼굴로
내가 먼저 비춰본다

장지성

가을 과수원

늦가을 사과밭은 만조 이룬 바다이다
과물果物의 속살 깊이 아우르는 햇살들이
알알이 색상이 되어 마음마저 밝히는가.

얼마쯤 떠 흘러야 꿈결처럼 부침되나
울타리를 타고 넘는 함묵의 저 바람결
받침목 무게를 실어 바리 되어 오는가.

밤이면 불을 혀는 집어등集魚燈 부신 둘레
일렁여 살 비비는 해조음 수초들이
달빛도 찌가 되어서 시절마저 낚는가.

정지윤

구월

계절을 지나가는 새들의 발자국이
눈부신 허공에서 환승역을 만든다
철새가 밀려드는 길
출렁이며 퍼덕인다

발목을 적시며 걸어오는 소리들
어느 새 바람은 푸른 잡담을 빠져나와
체온이 낮은 마을로
그리움을 옮긴다

정평림

가을 으악새*

으악새

으악으악

'슬피 우는' 가을 언덕

참말인지 귀 세우고

마을 백수白首 죄 모였네

어럽쇼!

건들마 내리 일자

막춤 추는

'실버무용단'

* '억새'의 경기도 사투리.

정해송

가을 산행

이제는 뿌리로 돌아가는 때입니다
가지마다 떨고 있는 오뇌의 잎새들이
깊은 밤 잠의 둘레를 서성이다 떠납니다

얼마를 기다려야 가슴 여는 산입니까
능선을 칼질하는 낭자한 아픔들이
영혼을 활활 사루고 찬 재 되어 내립니다

잎을 떨군 나무처럼 사념들을 비워내며
허허로이 빈손 들고 슬픈 햇살 속을 가면
조금씩 길을 연 산이 뿌리로 닿아 있습니다

정혜숙

그 무렵

바람의 결이 바뀌자
산사나무 열매 붉다
붉은 열매를 따서 과실주를 담근 후
풀벌레 서늘히 울어
묵은 편지 읽는다

바래고 번졌으나
눈에 익은 글씨체
간혹 너 있는 쪽으로 고개 돌린 적 있었지
마른 풀 서걱이던 길
말수 적었던 그 무렵

제만자

저만큼은

보리암 단풍 길이 인파 속에 더 짙다
이런 일 저런 일에 휘어진 가지 가지

내 몸이
무겁다 해도
저만큼은 붉겠나

모르는 사람 속이 절로 비치는 이쯤엔
그 많던 잡념조차 하나임을 알 수 있어

내 안이
텅 빈다 해도
저만큼은 희겠나

조동화

가을 어귀에서

산중턱 너럭바위 잠시 앉아 쉬는 겨를
건들마 등을 타고 가을이 당도했다
상수리 잘 익은 첫물 비탈길에 굴리며

밤 소나기 한 줄기에 그예 여름은 갔나
샛노란 물레나물 조명 막 꺼진 길섶
서둘러 까실쑥부쟁이 손전등을 켜든다

모시옷 갈아 입고 종일 한가론 구름
잊고 산 고향 길이 손금처럼 떠오거니
오늘 밤 풀벌레소리 섬돌 가득 쌓이겠다

조안

늦가을 텃밭

배추는
그냥 두고
무청만 사라졌다

그게 고라니 가족
한 끼 식사 되었을까

전생에
그들에게 진
빚은 좀 갚았을까

진순분

호박보살

가을 숲 끝난 곳에 산사가 앉아있다
깊은 계곡 물소리는 천수경을 외우고
단풍 든 마음이 먼저
풍경소리를 듣는다

적막한 대웅전엔 달빛 가득 경계가 없고
저절로 몸 낮추며 고개 숙여 서성일 때
보았다, 가부좌를 튼
풀 섶 늙은 호박보살

최양숙

오지리의 가을

해는 마당을 지나 울타리에 걸려 있다
덕석에 널린 나락 지키는 다섯 살 순이
몇 밤만 자면 오겠다던
엄마 보러 낮잠 잔다

사립문에 졸던 감이 나락 위로 떨어진다
깜짝 놀라 간짓대로 단꿈을 몰아낼 때
닭들이 눈치를 보며
남은 꿈 쪼고 있다

아이들 불러 모으는 굴뚝 연기 피어나고
아궁이에 타닥타닥 깻단이 타오를 때
들국화 향기가 난다
머루알이 터진다

최한선

백로 지나 우는 매미

입추 처서 백로까지 벌써 다 지났는데 매미가 운다

가로등 늙은 불빛 부여잡은 쉰 목청 칠 년 세월 어쩌자고 노래 소리 잦아든가

회갑을 맞이하고서도 안개 인생 대변인가

초등 육 년 중등 육 년 대학에 연수까지 스무 해 넘게 바친 녹록찮은 세월이건만

아직도 여물지 못한 날 꿈만 팔랑이고 가녀린 시선들은 날로 달로 총총하다 이마에 난 한길과 머리에 내린 된서리가 정녕 이 땅 젊은이의 자화상이 되었다니

저 매미 시러베자식 마음 다독다독 우는 걸까

한분순

가을

새벽을 깔고
지나가는
긴
은총의 숲이여

가지에 설레는 말씀
물빛은
더욱 깊고

세상을
한눈에 담아도
아프지는 않겠네.

홍경희

가을비 오네

잠시 위로하듯 피어 있는 소국 위로

끌끌 혀를 차며 꽃잎 적시는 빗소리

넥타이 반쯤 풀어진 그가 지금 오나 봐

사는 건 팍팍하지도 만만하지도 않다는 훈수

얼굴 치켜든 채 한기 참는 계절 속으로

앞뜰에 젖은 발소리 그가 지금 오나 봐

홍진기

끝물 고추

그 중에 쓸 만한 놈 되작되작 골라 딴다
몇 번 손이 지나가면 인연은 다하는 것

가을 해
서두는 오후
귓바퀴에 걸린다

우리는 언제 한 번 아주 작은 끝물이 되어
잔등을 짚고 서는 가난한 영혼을 위해

따습한
가슴을 주는
한 줌 흙이 되었던가

황삼연

제 이름만 부른다

논두렁의 개구리
풍선 물고 개굴개굴

앞산의 뻐꾸기
둥지 돌며 뻐꾹뻐꾹

풀밭의
귀뚜리까지
제 이름만 부른다

겨울

시조

강은미

겨울 삽화

길이 되기 위해 생의 날줄을 지우리라
햇살 한 줌 바람 한 줌 하루 한 끼로 사육되는
번영로 삼나무 숲이
아랫도릴
보인다

춥고 가느다란 그림자가 포개지면서
개발의 기계톱에 여지없이 잘려나간
침엽수 밑둥치들의
야윈 뼈가
뒹굴고

허연 스크럼의 겨울 숲을 일으켜 세우며
먼발치 오름들이 오래 참던 눈발을 부를 때
아 저기 원심력 키우는
바람, 바람
까마귀

강현덕

겨울 이미지

환해서 너무 어둡다
흰 것이 되레 검다
겁먹은 내 발자국
눈보라처럼 감긴다

용기를 빼앗긴 새는
깃털 속에 숨어 있다

추운 새끼 짐승이
웅웅대던 지난 밤
덩달아 울던 감나무
제 가지를 꺾었다

아무도 오가지 않는다
마을과 마을
집과 집

고정국

싸락눈

하늘도 가끔씩은 직설적 기법을 쓴다

추락한 아스팔트가 밑바닥은 아니라며

마지막 자존심들이 통통 튀어 오르고

저들 어딘가에 반항아의 기질이 있어

'갑'질을 성토하던 대량해고 근로자들이

우루루 쏟아져 나온 발목들이 하얗다

구애영

눈 내리는 유동柳洞* 마을

누군가를 기다리며 겨울밤이 비어 있네
촘촘히 적신 눈가에
천千의 별들 숨을 때
하늘 땅 이어주려는 꽃 잔친 줄 알았네

부딪히지 못하여 저 홀로 깊어가는 등
울금빛으로 온몸 적셔
이어지는 적멸인가
얇은 사絲 휘장 사이로 그대 사붓거리고

눈동자로 꾹꾹, 눌러 담는 묵독의 풍경
늦은 저녁 양푼 가득
한 그릇씩 쏟고 싶네
산마을 가지취 돋는가 습습한 저 살내음이여

---

* 백석의 시 「남신의주 유동 박시봉방」에서 따옴.

217

김광순

보리밭 눈인사

언 땅에 휘청휘청 입춘이 더디 왔다
들뜬 멧새 소리가 온기를 물어 와서
보리순 납작 엎드린 첫 울음을 밟는다

서툴게 밟아가도 말 한마디 못하고
등골뼈 묵은 이랑 한 구절 길이 되어
이 땅에 봄이 오리라, 길어지는 눈인사

어둠별 꼬랑지가 고라실로 떨어진다
양미간 좁은 하루 속엣것 죄다 밟아
삼십 년 타향살이의 묵은 숨을 내쉰다

김남규

1월

너를 안으면
흰 눈은 비가 되고
너를 안으면
발밑이 젖는다
길 위에
비가 많아질 때
우산 밑이 어둡다

너를 안으면
하루가 늦게 오고
너를 안으면
저녁에 물이 든다
살얼음
둘레 넓혀 가면
주머니도 깊어진다

김동찬

기차가 남긴 겨울

왜 기차는 겨울 들판을 온몸으로 울고 갔을까
한낱 쇠붙이에 지나지 않는 것이
눈썹 위 눈발 하나하나 시끄럽게 했을까

선명한 칼자국으로 오려내던 기적 소리
지나간 철길 위에 분분한 발자국을 끌고간 뒤
평행선 스쳐간 얼굴들 펑펑펑 눈이 내려

붙잡을 수 없었으리 천 리 길을 달려와서
훗훗한 숨 몰아 쉬며 노을 속 사라진 기차
묻힌다, 뜨거운 목소리가 하얗게 덮인다

왜 기차는 겨울 들판을 얼어붙게 했을까
아직도 눈감으면 들려 오는 적막 속으로
혼자서 나만 혼자서 붉게 서게 했을까

김선호

겨울, 갈참나무 잎새

푸른 기운 싹 가시고 숨 거둔 지 오랜 생명
매서운 북풍 맞서 시위하듯 붙어 있다
팔 벌려 어깨를 걸고 바리케이드 치고 있다

총탄 날던 전쟁터, 혹은 엄동 저잣거리쯤
어미 주검 들추다가 섬뜩하던 젖먹이 울음
곰삭은 이파리 타고 우렁차게 새어 나온다

김수엽

고드름에 관하여

적어도 찬 물방울로 입체적인 그 곳에서
추락하지 않기 위해 단단하게 굳었다가
생각을
날카롭게 키워 이 땅을 내려 보던 나

볕살이 처마 끝에서 내려오라 외칠 때
내 차가운 혈액들이 메마른 이 땅 위로
또르르
빈틈을 채워
가장 낮게 흐르는 꿈

김영순

동상凍傷
─아버지의 일기장

아버지 일기장은 이제 내겐 경전이다
곰팡이 핀 농협마크 스무 권째 다이어리
몇 권을 들춰보아도 농약 냄새 거름 냄새

삼십 년 전 오늘은 아버지가 눈 치운 날
과수원 한 귀퉁이 임시로 저장한 감귤 위에
연사흘 쌓인 눈 쓸다 발가락에 피어난 꽃

발에만 피었겠나 손가락에도 피었겠지
손에만 꽃 피겠나 가슴에도 피었겠다
그 꽃잎 어머니 가슴에 녹지 않는 그리움

김영주

서리꽃

푸른 피 뜨겁게 도는 꽃인 줄만 알았는데

연밥 같은 꽃씨도 한 알 품고 사는 줄 알았는데

손 닿자 눈물입니다
참을 수 없는 눈물입니다

김윤숭

사랑의 계절 겨울

찬바람 쌩쌩 불고 온 세상 꽁꽁 얼고
바깥은 황량하고 기분도 을씨년 할 때
그리움 서로 품으면 몸도 맘도 뜨겁다

가장 추운 겨울에 사랑은 가장 뜨거우니
시도 때도 없는 사랑에 제철이 있으랴만
겨울은 사계절 가운데 사랑하기에 최적이다

김정희

세한도歲寒圖 속에는

하얗게 언 하늘에 별곡別曲이 흐르고 있다
서슬 푸른 창대이듯 서 있는 소나무
그 곁에 휘느러진 노목老木
예서체 쓰는 날에.

눈 덮인 바닷가엔 솔빛만이 푸르다
용솟음치는 성난 파도 먹물 풀어 잠재우고
적막이 숨죽인 자리
새 한 마리 날지 않았다.

다만, 우주와 교신하는 외딴 집 둥근 창 하나
사람은 뵈지 않고 신명만 넘나드는 곳
깡마른 조선의 혼불이
이글이글 타고 있었다.

김제현

바람

바람은 처음부터
세상에 뜻이 없어

이날토록 빈 하늘만
떠돌아 다니지만

눈 속의 매화 한 송이
바람 먹고 벙근다.

매이지 말라 매이지 말라
무시로 깨워 주던

포장집 소주맛 같은
아, 한국의 겨울 바람

조금은 안 됐다는 듯
꽃잎 하나 떨구고 간다.

김종길

겨울 우포늪

물 터지는 소릴 들어봐 쩡-쩡쩡
제 몸을 데워 겨울을 껴안고 누워
빙열의 음을 고르는 가시연의 숨소리

새 부리에 묻어나는 은빛 조탁음들
긴 목을 내밀고 깊이를 재고 있다
빙하의 늪 바닥까지 햇살이 스몄을까

세상의 구정물이 웅성대며 흘러들면
스스로 살을 삭여 숨구멍 틔운다
장엄한 초록을 꿈꾸듯 찬별을 이고서

김주경

즐거운 파동

환상통 앓고 있는 2월의 풍경 속으로

꽃분홍 목욕 바구니 든 한 남자 들어온다

갓 헹군 발자국들이

물수제비뜨듯 가벼운

트로트풍 휘파람을 덤으로 찰랑이며

구어체로 다가오는 싱그러운 저 파동

은근히 불땀도 올리는지

우듬지가 뭉클하다

김진길

겨울강

빙점氷點은 가장자리에,
아직 비어있는 강江
중심으로 중심으로 향하는 결빙의 속도
신기루, 신기루 같은
산들이 지워진다

마주 선 출렁임이
서로 맞닿는 순간
나지막이 몸을 뉘이고
달을 헹궈내는 강江
저 빙천氷天 열릴 때까지
준설의 꿈을 꾼다

김진수

오동도 가는 길

올올이 눈물 사려 무늬 놓는 남도 천리

바람 길도 천 리라며 물빛 꼬리 이어문다

길 위에

길을 놓치고

놓친 길을 돌아보니

날 푸른 겨울바다 오동동 오동동동

성상으로 다다른 섬 단걸음에 환한 이 길

동백꽃

여전히 붉다

하늘엔들. 땅엔들.

김창근

겨울 너와집

잣눈에 반쯤 묻힌 너와집에 들고 싶네

해묵은 시름마저 고콜 속에 불사르면

흰 연기, 까치구멍에서 광목처럼 펼쳐지는

마지막 소망 하나 그래도 남겼거든

화티의 불씨마냥 가슴속에 품은 채로

눈 쌓인 화전밭 고랑에 파묻혀도 좋겠네

어느 봄 새싹 돋듯 그 불씨 되살아나

양쪽 어둠 밝혀주는 두둥불로 피어난다면

설피를 그냥 신은 채로도 기꺼이 묻히겠네

노창수

눈(雪)

육신을 비우자고 거듭된 탈출입니다
바람이 거쳐 오는 익숙한 자유를 위해
인연들 적멸의 궁을 침침하게 빠져 나왔습니다

긴 두통 새벽 귀에 칼 갈아 지우고
저 세상 언덕으로 밀려오는 놈 하나씩
첫사랑 굳은 비수에 햇살 뿌려 없앴습니다

류미야

어두워지는 일

저녁이 사력을 다해 밤으로 가고 있다
떨어진 잎새 하나 함께 어두워지는
초겨울 가로등 불빛 아래
많은 것이 오간다

낮을 걸어 나오면 밤이 될 뿐이지,
저무는 것들의 이마를 짚어본다
불현듯 낡아 있거나
흐려지는 것들의

서리 낀 풀숲에 겨우 달린 거미줄이나
명부冥府 같은 우물에도
이 밤 별은 뜨리니
죽도록 어둠을 걸어 아침에 닿는 것이다

굳게 닫힌 바닥을 발로 툭툭 차면서
다친 마음 바닥에도 실뿌리를 벋어본다
겨울이 오는 그 길로
봄은 다시 올 것이다

문희숙

고드름처럼

겨울 역
기차 떠나 듯
우리 서로 헤어지던 날

꽃대 위
허리 굽은
시간의 저 고양이

백일홍
새빨간 입술
돌멩이로 지운다

민병도

겨울 대숲에서

무명바지 조각조각 허옇게 눈이 남은
겨울 대숲에 서면 서늘한 말씀 들린다
바람이 읽다가 놓친 목민심서 한 구절

나를 비우지 않고 어찌 너를 채우랴
마디마디 갇혀 있는 울음에 귀를 대면
죽간竹簡에 새기지 못한 민초의 피, 뜨겁다

쓰다만 자서전의 쓰다만 목차처럼
서걱서걱 쓰쓰싹싹 읽을수록 캄캄하여
천지간 무릎을 꿇고 혀를 잘근 깨문다

박남식

겨울 홍천강

오래 된 차茶 살림도 시답잖은 그런 날은

발병 난 아리랑이 굽이굽이 흘러가는

숨죽인 겨울 끝자락 홍천강을 찾아간다

저 혼자 깊어지는 강물소리 곁에 두고

내밀한 그리움을 밤늦도록 키워갈 때

쩌엉 쩡 얼음을 깨는 바람소리 들려왔다

오지게 기쁠 때나 대책 없이 눈물 날 때

세월의 만트라[眞言]가 강물 위에 반짝이고

한 사람 삶의 궤적이 와자하게 흘러간다

박현덕

설일雪日

−화순 개천사

저만치 눈이 온다 온 산을 작신 때려
나무들 뼈만 남아 흐득흐득 뒤척이고
산새의 울음도 끊겼나, 살 베는 폭설이다

마음이 비워지듯 길이란 길 다 사라져
사십구재 마치고 절 마당에 나온 식솔
더 깊게 쌓이는 적막, 껴안으려 팔 내민다

대웅전 앞 고목에 희끗희끗 붙은 눈
문드러진 살결에 소리 없이 숨결 넣어
슬픔의 뼈마디마다 큰 새가 날아오른다

배경희

그 해 겨울

옷가게를 닫고 있다 오뎅가게 열었다
햇빛만 끓다 쫄다 맹물만 들이키다
하루가 퉁퉁 불어가듯 온몸이 축축했다

수천 번 먼 거리까지 바라본 시간들
1500원 닭강정을 곁들어서 팔지만
모험은 붉은 소스에 애간장을 다 녹인다

오늘이 마지막일까 별들이 멀어질 때
얼굴을 쏟아 놓고 나무만 쳐다본다
으스스 나뭇잎 지는 세상이 더 추워졌다

백순금

뜨거운 다짐

묵은 이파리 접고
새날 여는 아침이다
더 넓게 더 빠르게 달려온 발걸음들
한때는 말줄임표로 서성인 적 있었다

언 땅에 봄풀 돋듯
다시 눈뜬 이 아침에
맨살의 지문 읽듯 밟고 갈 길 위에서
더 낮게 모를 깎으며 한 생을 태워간다

비울수록 채워지는
새 달력 걸어놓고
분주한 일과표로 촘촘하게 점을 찍어
웃자란 손톱 자르며 또 하루를 펼친다

백이운

성탄절 저녁 탱고를 듣네

고요의 순간들을 무엇으로 살았는가

기타와 아코디언 제 가슴 뜯어가며

강렬한 치유의 손길로 한 저녁을 구제하네.

절망과 탄식을 넘어 꽃 한 송이 피어나니

인간의 신도 탱고의 신도 사랑임이 분명하네

세상의 모든 탄생이 성탄이라 하는 날.

서석조

오늘은 눈 내립니다

늘 웃고 맞아주어 그 속내를 몰랐습니다
근하신년 양말 선물에 바들바들 떨던 손
경비실 거울걸이에 염주 한 벌 걸어놓은

갑오년 청마도 생각만큼 날지 못해
조감도 구석진 한 곳 그려내지 못한 가난
칠순의 노구를 벗고 이승을 뜨셨다니

모감주 빈 가지 위에 참새 몇 지저귑니다
청년의 푸른 들길을 다비茶毘하듯 찬미하듯
오늘은 눈 내립니다, 보살피신 울 아파트에

염창권

눈길을 치우며

길 위에 눈 덮이자 삽을 들고 나섰다
바닥부터 단단하게 웅크린 건 분노였을까
속살이 번쩍거리면서 삽날을 튕겨낸다

의뭉스레 다져왔던 속내까지 드러나는
어두운 골방 속에 감춰놓은 상처가 있다
겉으론 웃고 있어도 잇자국이 박혀 있는

단단하게 직립하는 불꽃들을 켜대며
눈 쌓인 발밑의 길 치워가다 돌아보면
내 안을 밝히는 불빛이
퍽 환하게 떠오른다.

오영빈

스마트폰 웃음

까르르 까르르

공원 벤치가 들썩이네

스마트폰에 풍덩 빠진

두 연인의 웃음소리

시침을

뚝 딴 코스모스가

하늘하늘 춤을 추네

윤진옥

겨울 시래기

찬바람 깊이 안으며 꾸덕꾸덕 말라가는
녹진한 흔들림도 풋풋한 한때인 걸
허술히 엮인 가닥마다 웅숭깊이 품은 맛

때로는 높음과 깊음 동격인 때가 있다
으스름 달 헤아리고 먼 벌의 눈물도 보는
어렴풋 회오리치며 묻어나는 연륜들

정교한 논리 없고 아귀 맞는 공식 없어
푹 삶아 우려내는 헐겁고 시린 속내
다 줘도 늘 목이 타는 푸른빛 더 아리다

이경옥

겨울 가지치기

겨울 과수원에 구조조정 한창이다
실한 열매 맺기 위해 수세樹勢를 조절하며
부실한 나뭇가지들을
가차 없이 잘라낸다

영문을 모르는 채 해고당한 가지들은
적당히 분류되어 쓰임새를 찾아가고
뿌리는 생존을 위해
더 깊이 발 뻗는다

불어오는 칼바람 속에 중심 꼿꼿이 잡고
생살 도려낸 환부 환골탈태로 아물리는
과원의 통과의례는
겨울에도 뜨겁다

이 광

나무, 출가하다

잘 가라 내 품에서 여름 한철 푸르던 꿈

가을날 붉게 타다 사위어간 불꽃이여

가거든 잊어버려라 매달려 살던 일들

수많은 사념일랑 떠나보내 고요한 날

하늘이 누벼주는 두루마기 걸쳐 입고

순백의 사막을 가는 수도자가 되리라

이교상

'우포'라는 책

철새가
떼로 날아와 재재거리는

저, 무한!

이석구

겨울 폭포

초서체草書體로 흘러가는 골짜기 물길 따라
휘어진 가지만큼 옹이진 힘줄뿐인
백 년 된 느티나무가 골다공증 앓고 있다

더는 갈 수 없어 바람도 무너진 벼랑
대담하게 쏟아진 곧은 소리 생략한 채
시간이 멈춘 물줄기 살 부비며 얼어붙고

산울림 깊을수록 뼈마디 앓는 침묵
억새풀 담아 채운 분청귀얄 빗금처럼
둥그런 바위 항아리에 무지개가 걸렸다

이솔희

겨울 청령포

푸르게 벼루었던 칼바람이 휘몰아치면
강물은 얼어붙어 끊어진 길 이어준다
그 잠시 유혹에 갇혀 세상 밖에 버려둔 땅

가슴 속 못다한 말 옹이로 앉힌 설움
시린 하늘 한 귀퉁이 돌탑 하나 쌓아두고
밤이면 북천北天을 향해 젓대 물던 그 어린 손

몸 안 가득 불을 켜는 순백색 꽃이 되었나
자규가 피를 토하던 아픈 기억 몰려놓고
긴 세월 모진 그리움 흰눈으로 덮을 때

이송희

낯선 겨울

덜컹거리는 창문 밖에는 눈발이 굵다
그 허한 속을 파헤쳐 등불을 드는 너는
온몸을 두들겨 만든 이별처럼 아리다

내 빛이 어둠과 몸을 섞은 뒤에는
흰 기억의 능선이 거침없이 드러나고
맨 처음 가장자리부터 타들어 가는 시간

애초에 걸어 놓을 마음이란 없는 것인가
말라 붙은 꽃잎 같은 그녀의 손등 위로
비어져 나온 슬픔이 톡톡 유리알로 박힌다

잠 못 들어 바라보는 은빛 하늘에는
어긋난 문처럼 오래되고 지친 사랑이
비워둔 자리 하나가 너무 커서 참 시리다

이숙경

설화리

나뭇잎 져버리자 이름도 저버렸다

잔별을 솎는 바람 무뎌지는 새벽 녘

떨켜에 아로새기는 묵언만 준열하다

팔랑귀 여과되어 오지게 그리운 것들

등걸처럼 굳어진 차디찬 땅심으로

눈보라 퍼붓는 날에는 속속들이 돌아왔다

이애자

고드름

초특가 세일처럼
눈이 밤새 쌓이고

체감온도 영하
설 무렵 내 주머니 속

뽀드득
겨울을 씹는
송곳니가
시리다

이한성

겨울 폭포

뚝 끊어진 흰 물길이 두 발을 잡아끌었다.
키를 낮춘 풀잎들이 속이 비어 울던 날
처음엔 산의 울음을 가슴에 품지 못했다.

사람의 마음 하나 얻지 못한 아픔처럼
막혔다 터진 절규 비상하는 물줄기
빛 바랜 무명천 하나 무지개를 걸었다.

한겨울 휑한 눈빛 깊어진 산맥들이
물 속의 그림자를 건져내는 저녁 무렵
묵었던 내 안의 울음 하얗게 풀었다.

이행숙

동백꽃

목구멍이 포도청이라 립스틱은 빨간색
몇 마디 말만 하면 노란 속내 다 보이는
그녀는 양공주였다. 피란살이 서럽던

된바람에 얼어버려 눈물도 못 떨구고
눈서리 덮어 쓰고 홀로 견딘 그 세월에
멍이 든 가슴조차도 반질반질 윤나던

어제는 가지 않고 끝없이 오고 있다.
역풍의 소용돌이 온몸을 흔들어도
입술은 여전히 붉다. 땅 바닥에 누웠어도

장기숙

11월
―입동 무렵

기러기 울음소리 별사를 물고 온다
불타던 단풍잎도 수런대던 갈꽃도
줄줄이 호명을 받아
겨울 숲을 향해 가고

식탁엔 달랑 한 벌 중국집 나무젓가락
TV 앞 덩그러니 모래 씹는 저물녘
창밖에 까치 둥지는
한 층을 더 쌓는다

장영심

겨울 풍경

어릴 적 겨울 밥상 살 오른 고등어 한 마리

김치와 무를 깔고
자작자작 익어간다

양푼밥,
다섯 숟가락
엿장수 가위 소리

전연희

섣달

달력의 숫자들이 또박또박 걸어온다
정수리를 치고 가는 분침과 초침 사이
덜어낸 분량의 일이 산더미로 놓인다

뉘우침에 잠을 잃은 그믐달 여윈 허리
늦게 띄운 속엣말은 성에꽃만 피워둘 뿐
오그린 쪽잠을 펴고 먼 발자국을 듣는다

전정희

함박눈이 오셨다

함부로 짓밟힌 길들 하얗게 포장 되고

담장을 지우고 난 골목길이 넓어졌다

길들이 경계를 지우고 광장이 되었다

얼룩졌던 담장들이 낙서를 지웠다

아이들이 새 친구의 이름을 적을 것이다

각도를 버린 비탈이 완만하게 올라간다

힘껏 차 올린 공이 운동장을 건너가고

아빠 눈사람의 수염이 떨어지고

아이들 웃음소리가 공을 따라 가고 있다

정용국

겨울 산막

찻길이 끊겨 버린 한겨울 산막에는
포실한 난롯가에 상처들이 모여 산다
복더위 고단한 기억은 눈밭에 잠재우고

찻물이 오글대는 토방은 착한 씨방
허기와 칼바람도 의젓하게 버텨 주고
언 산이 부르는 노래 찻잔에 우려 주네

은사시 두 그루가 번을 서는 시린 밤엔
배고픈 고라니가 아궁이에 몸을 녹이고
긴 겨울 헤쳐가야 할 목숨들이 기대 산다

정휘립

겨울 함바에서 · 9

수제비 떼어 던지듯, 날린다, 시꺼먼 눈발,
개천가 막걸리 집 덜컹대는 간판 위로,
숯검정 떼구름들이 하현달을 내걸었다.

요상혀, 술이란 건, 밤새껏 처먹은 것보다
한두 번 토악질로 게워낸 게 더 많거든
게거품 허옇게 물며 좌변기가 입 벌리고,
술 두어 순배에도 제 몸조차 못 이긴 채
골병든 십장 정씨, 혀가 제대로 꼬부라졌다
냄새는 닭발이 최고여, 아니 맛은 어떻고

눈발이 골프공만한 주먹질로 커져간다
공사판 전표錢票들은 적적하게 빈 칸뿐이고
오기傲氣가 내 쾡한 볼살을 잡아뜯듯 꼬집는다

조경선

얼음 발자국

우물로부터 숲속까지 발자국이 길게 나 있다
고라니 발목을 언 흙이 놓지 않은 거다
끝끝내 목마른 눈동자를 기억하고 싶었을까

굶주린 어미와 새끼마저 부러워하며
부동의 자세로 얼지 않은 것들을 본다
미열이 발자국 속에 남아 있다고 여긴다

혹한을 견디기엔 독신이 너무 길다
지워야 할 흔적과 지우지 못한 생각은
사무친 죽음과 같아서 동사凍死 후에야 눈부시다

최숙영

붕어빵

할머닌 나만 보면
아빠 꼭 닮았다 하고

외할머닌 나만 보면
엄마 꼭 닮았다 하고

거울아!
누구 말 맞니?
솔직하게 말해 봐.

할아버진 나만 보면
내 강아지라 하고

외할아버진 나만 보면
내 병아리라 하고

거울아!
누구 말 맞니?
솔직하게 말해 봐.

최연근

까꼬막

세찬 바람 불던 날도
눈보라 치던 날도

갖은 채소 이고 지고
품을 팔던 그 까꼬막

울 엄마 구멍 난 고무신
낮달 되어 떠돈다

추창호

억새풀

설한풍 모진 바람에
꺾이고 휘어져도

한 올 실 뿌리로
동토를 이겨 내면

가슴이
어루는 물소리
먼 별빛도 씻기리

홍성운

섬억새 겨울나기

화산도의 겨울은 억새가 먼저 안다
비릿한 근성으로 아무데나 눈발 치네
유배지 어진 달빛이
잎새마다 배어나는

대물림에 살아간다 그리움은 습성이다
먼 바다 바라보는 연북정 그 수평선
분분한 떼울음 앞에
순백으로 직립한다

또 한 차례 하늬바람 연착된 하늬바람
과분한 귤나무를 벌채하는 이 땅에
그래도 밑동 따스한
기다리는 뜻이 있다

뉘 한 번 흔들어 보라 내 또한 흔들리마
오일장 좌판 같은 한 푼어치 손짓이여
섬 하나 외고집으로
갈 데까진 내가 간다

황성진

겨울 연포에서

이 겨울 연포에서 파도 한 뿌리 캐어 본다
뜨겁던 여름 사내 온 몸으로 심은 그것
남겨진 잔물결 속에 밀려왔다 밀려가고

저 파도 뿌리는 늘 흰색 아니면 청색이다
사납게 일어나서 시퍼렇게 울다가도
가끔씩 잇몸 드러내 웃고 있는 것 보면.

어느 누가 있어 쓰라린 이 상처 위에
간간한 바람 주고 쓴 포말 보내었나
시퍼런 해안선마다 눈물자국 번득인다

황인원

겨울 끝 풍경

가는구나, 바람 접고 징검다리 개울 건너
옛일로 떠나는구나
유서도 없는 겨울아
내 몸의 절망 퍼내며
대신 울던 영혼아

외로움도 울음도 제 뼈 속에 담아
키 작은 햇볕에 화장하곤 했는데
오늘은 그대 그리워
마지막 눈발 날린다